MÍDIA E RACISMO

Ensaios

Rosália Diogo

MÍDIA E RACISMO

Ensaios

MAZA
edições

Capa:
Túlio Oliveira sobre ilustração de Marcial Ávila

Diagramação:
Dorys Marinho

Revisão:
Márcia Souto

D591m Mídia e Racismo : ensaios / Rosália Diogo. – 2. ed. – Belo Horizonte : Mazza Edições, 2014.

88 p.

ISBN: 978-85-7160-630-2

1. Ensaios brasileiros. I. Título.

CDD: B869.43
CDU: 869.0(81)-4

Mazza Edições Ltda.
Rua Bragança, 101, Bairro Pompeia – Telefax: (31) 3481-0591
30280-410 Belo Horizonte – MG
e-mail: edmazza@uai.com.br
www.mazzaedicoes.com.br

AGRADECIMENTOS

À minha irmã Zenilda, pelas primeiras palavras de incentivo para pensar o que é ser negro(a).

Às minhas amigas e amigos das várias manifestações e movimentos negros que, com a política das palavras, da dança, da pintura, da música, do teatro, do cinema e das reflexões, nos fazem cada dia mais fortes. Desejo que todos e todas estejam aqui representados. Um forte afroabraço, por meio de Valéria Regina.

À Dona Maria (saudades).

SUMÁRIO

PREFÁCIO

Desejo de compreensão

Anelito de Oliveira(*)

No prefácio que escrevi para a primeira edição deste trabalho, atendendo orgulhosamente ao convite que me foi feito pela autora, ocorreu-me chamar atenção, sobretudo, para a dimensão epistêmica, digamos, que aqui se revela, exemplar – pensava, e ainda penso. Essa dimensão consiste num tratamento da relação entre mídia e racismo para além dos lugares teóricos comuns, de um modo embasado, fundamentalmente, na experiência de uma educadora e ativista negra, que é Rosália Diogo, no rompimento com o mito da neutralidade científica, por um lado, sem que isso implique, por outro lado, a recorrência a maniqueísmos fáceis.

Dizer, naquelas linhas passadas, que a ensaísta se deixava mover por um desejo de aproximação ao seu objeto de análise era importante naquele momento, início de um novo século, porque estávamos sendo atirados a uma zona de indiferenciação, em que pessoas, coisas e situações teriam supostamente o mesmo valor, num regime de mútua equivalência. Aproximar-se do objeto de análise, sem o interessado "distanciamento crítico", enfrentá-lo também – não só – com os dados hauridos na experiência, era reagir já contra a política da indiferenciação, fomentada pelos grandes canais midiáticos, segundo a qual, no Brasil, somos todos iguais.

Mídia e racismo, ao procurar trazer à tona elementos que atestavam e ainda atestam o tratamento desigual que os canais midiáticos dão a brancos e negros no país, ressurge num momento em que, sem dúvida, vemo-nos mergulhados – não mais apenas sendo atirados – na política da indiferenciação, regidos, em termos de racionalidade sobre a questão étnico-racial, pelo ponto de vista de Ali Kamel – nada menos que o diretor de jornalismo da Rede Globo –, que é o ponto de vista das elites embusteiras, segundo o qual não somos racistas, o Brasil é multicolorido, somos uma nação muito bem resolvida racialmente, racismo é coisa do Movimento Negro, de quem quer dividir o país em P&B.

As reflexões que aqui se apresentam nos convidam a pensar até que ponto, de certa forma, a identificação do racismo, a objetivação de atos racistas contra negros e negras, num país onde o mascaramento da realidade é um valor moral, depende de uma série de fatores de ordem pessoal e grupal; até que ponto o racismo não se deixa identificar apenas a partir de dados estatísticos, de gráficos e números; até que ponto a percepção do racismo tropical exige um enfrentamento de toda a "economia simbólica", para lembrar Bourdieu, que estrutura a sociedade brasileira: a "vida" imita a "arte", e não o contrário, a realidade social, numa sociedade do espetáculo, "imita" a mídia, e não o contrário.

Inscrito na "economia simbólica" que move o país, o racismo adquire uma complexidade ainda maior, difícil mesmo de ser operacionalizada, pertinente à representação do grupo social negro pelos canais midiáticos. Num livro mais recente –

Rasuras no espelho de Narciso (2008), também editado pela Mazza Edições –, trabalho resultante de sua pesquisa de mestrado na UFMG, com ênfase em educadoras negras, Rosália Diogo avança no sentido de refletir sobre o racismo na representação dos negros pela mídia, movimento de compreensão que tem sua origem justamente nestes textos aqui reunidos, primeiras intervenções de uma pesquisadora lúcida, desejosa de compreender o que se passa consigo e com seu grupo étnico-racial no cotidiano.

(*) Anelito de Oliveira é Pós-Doutor em Teoria Literária pela UNICAMP, Doutor em Literatura Brasileira pela USP e Professor no Centro de Ciências Humanas da Unimontes. Email: anelitotodeoliveira@gmail.com

O QUE É RACISMO, A PARTIR DO CASO BRASILEIRO

> Afinal, não é a raça que leva ao racismo, é a produção e a gestão dos recursos de poder que levam à segregação, à produção social do Outro, categorizado e, em muitos casos, racializado. (SERRA, 2000, p. 255).

Convidada a escrever sobre este tema que me é tão caro, inicio localizando ao leitor o porquê da importância dele para mim: sou uma mulher negra que nasceu no Brasil e aqui vivo. Dada essa condição, eu e o grupo social ao qual pertenço, assim como os nossos ancestrais, que foram escravizados nessa terra, fomos e somos submetidos às mais perversas formas de discriminação, preconceito e racismo. Assim, ao traçar essas linhas, eu o faço absolutamente tocada pelos meus afetos e, dessa forma, falo das minhas experiências, para além de apresentar dados científicos elucidativos, que corroboram com as minhas assertivas.

Ao apresentar uma resposta simples, descrita em um dicionário, à pergunta sobre o que é racismo, reitero que ela não dá conta de explicar a sua problemática: conjunto de teorias e crenças que estabelecem uma hierarquia entre as raças, entre as etnias. Desse modo, verticalizo acerca do que seja o racismo a partir do caso brasileiro. Não obstante, recorro inicialmente a um africano, branco, pesquisador das temáticas que tensionam as relações, Carlos Serra, de Moçambique, e ainda de outro africano, negro, radicado no Brasil e um potente teórico da temática Relações Raciais no Brasil, Kabenguelê Munanga, nascido na República Democrática do Congo. Para mim é de grande importância considerar e me utilizar das pesquisas e reflexões dos dois teóricos, sendo que, no caso de Munanga, trata-se do arguto olhar de quem nasceu nas terras dos que foram sequestrados outrora para o Brasil para serem escravizados e hoje convivem com os descendentes deles. Os apontamentos de Munanga me propiciam um melhor entendimento do fenômeno das desigualdades raciais no Brasil e, em especial, no que se refere à população afro-brasileira. Assim, as reflexões de Carlos Serra sobre o que move ao racismo na epígrafe desse texto orientam as minhas assertivas. Por outro lado, a argumentação de Munanga contribui sobremaneira para que o meu discurso possa ser melhor entendido:

> Todos os movimentos sociais, incluído o dos negros, lutam pela justiça social e por uma redistribuição equitativa do produto coletivo. Numa sociedade hierarquizada como a brasileira, todos encontram dificuldades para mobilizar seus membros em torno da luta comum para transformar a sociedade. (MUNANGA, 2008, p. 13).

Há alguns conceitos que me têm chamado a atenção, um deles é o de etnia.

Para a definição de etnia, valho-me nesta escrita do conceito apresentado pelo sociólogo Antônio Sergio Guimarães (1999), para quem etnicidade é:

> A articulação das lutas de classe, das particularidades de gênero, dos processos culturais e históricos. A etnicidade de um povo ou grupo refere-se às diferenças "raciais" que se aproximam por relações múltiplas de língua, religião, história, conhecimento e defesas comuns, constituindo, assim, um campo de comunicação e interação que o distinguirá de outros. Grupos étnicos são os que se supõem ter um comportamento susceptível de mudar. Etnicidade também pode ser definida como uma "identidade social, caracterizada por parentesco metafórico ou fictício". (GUIMARÃES, 1999, p. 23).

Quando falo em raça, estou me referindo não ao conceito biologizado, essencialista, e sim a uma construção social. Essa construção me tem ajudado a orquestrar argumentos que possam fortalecer os embates travados nas sociedades que discriminam grupos de pessoas, sobretudo pelas suas características físicas, em especial, no nosso caso, pela condição de africanos negros e afro-brasileiros.

Stuart Hall (1999), a partir do entendimento de que as nações aglutinam classes sociais, grupos étnicos e de gênero diversificados, argumenta que a Inglaterra, no período vitoriano e imperial, tentou unificar as classes por meio de divisões sociais, sendo que a unificação delas se daria pela imagem da família da nação. O autor afirma ainda que as nações ocidentais modernas, também neoimperialistas, exerciam hegemonia cultural sobre as culturas dos colonizados.

O pensador questiona a insistência das sociedades modernas em tentar unificar as culturas em um único povo. Nessa perspectiva, a etnia é o termo utilizado comumente quando essas sociedades referem-se às características culturais – língua, religião, costume, tradições, sentimento de lugar – atinentes a um povo. Contra essa argumentação, que tenta unificar a cultura de determinados grupos, Hall afirma que

> [...] essa crença acaba, no mundo moderno, por ser um mito. A Europa ocidental não tem qualquer nação que seja composta de apenas um único povo, uma única cultura ou etnia. As nações modernas são, todas, híbridos culturais. (HALL, 1999, p. 62).

Unificar a identidade nacional em torno da raça, segundo ele, é muito mais difícil na medida em que ela não é uma categoria biológica ou genética do ponto de vista da ciência, de modo que a diferença genética não pode ser usada para distinguir um povo do outro. Para Hall,

> [...] raça é uma categoria discursiva e não uma categoria biológica. Isto é, ela é a categoria organizadora daquelas formas de falar, daqueles sistemas de representação e práticas sociais (discursos) que utilizam um conjunto frouxo, frequentemente pouco específico, de diferenças em termos de características físicas – cor da pele, textura do cabelo, características físicas e corporais, etc. – como marcas simbólicas, a fim de diferenciar socialmente um grupo de outro. (HALL, 1999, p. 63).

Ainda que se desconsidere o caráter não científico do termo, o modo como a lógica racial e os quadros de referências raciais são articulados e acionados faz com que as suas consequências não sejam anuladas. São essas elucubrações de Hall que me permitem considerar como pertinentes para nossa análise as suas reflexões críticas sobre raça e identidade cultural unificada. Ele verticaliza a sua discordância com a assertiva com a qual nos aliamos ao dizer que

> as identidades nacionais não subordinam todas as outras formas de diferença e não estão livres do jogo de poder, de divisões e contradições internas, de lealdades e de diferenças sobrepostas. (HALL, 1999, p. 65).

Uma breve retrospectiva histórico-social

A pretensão de discutir as diferenças raciais no Brasil, ainda que de um ponto de vista sociológico, enfrenta sérias dificuldades, mais em função de representações sobre o Brasil, que o definem como lugar de indistintabilidade racial, que por dificuldades de fundamentação teórica ou comprovação empírica.

A questão racial é uma problemática do presente e trata-se de uma antiga indagação social e científica. Na Sociologia brasileira, por exemplo, a questão racial foi o mote principal de muitas investigações, sobretudo à época do surgimento da disciplina, tendo envolvido os mais destacados pesquisadores do fim do século XIX e início do XX.

Preocupada em explicar e, principalmente, em construir o Estado-Nação brasileiro, a Sociologia da época deparou-se com a tarefa de abordar a questão racial, tema premente ao final do processo de escravização no Brasil. Os trabalhos produzidos por Conde de Gobineau e Georges Lapouge, adeptos da Antropologia Física, que, entre seus métodos de estudo, utilizavam a medição de crânios como forma de medir a capacidade intelectual dos indivíduos, exerceram forte influência nos pensadores brasileiros.

Com base nas diferenças biológicas da população percebidas pelos autores, foi possível elaborar um *continuum* hierárquico dos tipos raciais brasileiros. O grupo branco estava colocado hierarquicamente em posição superior ao grupo negro, que estava acima do índio. Todos estes estavam em posição muito mais privilegiada que os mestiços, degenerados pelos cruzamentos de espécies diferentes. Entre o grupo de mestiços seria possível distinguir também os mestiços superiores e inferiores, que se diferenciavam entre si pela espécie de cruzamento e, consequentemente, pelo grau de energia, moralidade e inteligência.

Arthur Ramos, realçado cientista do início do século XX, refere-se a Euclides da Cunha destacando-lhe a sua competência literária por ter conseguido transmitir aos leitores, por meio da obra **Os sertões**, o sentimento de degeneração do mestiço. Mesmo sem ter passado pelo crivo da ciência, Euclides da Cunha havia conseguido, por meio de várias afirmações e exemplos, corroborar e cristalizar nos leitores o que a ciência da época já assinalava.

A grande mudança que o pensamento social brasileiro da década de 1930 oferece é uma tentativa de salvar o Brasil. Ao realizar um tipo de Sociologia do cotidiano, Gilberto Freyre (1987) inova e se coloca na direção contrária dos deterministas e dos que apregoavam a decadência do Brasil devido a sua composição miscigenada. Nesse sentido, Freyre nega os diagnósticos e previsões anteriores sobre a degeneração do povo brasileiro e as diferenças raciais e culturais passam a ser vislumbradas de maneira idílica. Em sua obra clássica, **Casa Grande e Senzala**, cuja primeira edição é de 1933, Freyre narra e analisa as experiências cotidianas entre senhores e escravos no ambiente da senzala e da casa-grande, as relações sexuais, as intrigas, a alimentação etc.

Segundo Lília Moritz Schwarcz (2011), o sociólogo, nesse período, afirma que o Estado construiu um movimento com vistas a sintetizar o Brasil, a despeito das diferenças, fazendo com que a mestiçagem, para além do fator biológico, incluísse aspectos culturais, em que manifestações como o candomblé, a capoeira, o carnaval tornaram-se constitutivos da cultura brasileira. Além desse ponto, a pesquisadora destaca os argumentos dele no sentido de que houve uma adaptação do negro africano ao sistema de escravização, diferentemente do ameríndio nômade, que teve dificuldade em se adaptar ao clima, às atividades domésticas e a outras condições físicas do Brasil.

Em outro trecho da obra, Freyre menciona como a miscigenação foi uma política vantajosa dos europeus para com os brasileiros na medida em que contribuiu para a formação do ideal de homem moderno nos trópicos e assinala que o problema, nesse processo de mistura interracial, foi tão-somente a sífilis, contraída aos negros pelos colonizadores:

> A vantagem da miscigenação correspondeu no Brasil à desvantagem tremenda da sifilização. Começaram juntas, uma a formar o brasileiro – talvez o tipo ideal do homem moderno para os trópicos, europeu com sangue negro ou índio a avivar-lhe a energia: outra a deformá-lo. Daí certa confusão de responsabilidades; atribuindo muitos à miscigenação o que tem sido obra principalmente da sifilização. (FREYRE, 1987, p. 47).

Mas o que fundamentalmente estava em jogo na obra de Freyre era a tentativa de mostrar o caráter mais ameno do processo escravocrata brasileiro, assentado em certa benignidade e tolerância. Nessa perspectiva, a indicação é a de que a sociedade brasileira, apesar das origens multirraciais e multiculturais, conseguiu apropriar, digerir e criar uma cultura e um povo únicos. É exatamente em razão desse esforço de demonstrar a harmonia entre as três raças fundantes – brancos, negros e indígenas –, que a Gilberto Freyre é atribuída a criação da ideia de democracia racial no Brasil. Os argumentos do teórico foram construídos e desenvolvidos nos anos 1930, algumas décadas após a abolição da escravatura no país. Paralelamente a essas ideias de Freyre e outros, o Estado brasileiro promovia a estratégia da miscigenação do povo, em um claro processo de desafricanização de vários elementos culturais, simbolicamente clareados, como afirma Schwarcz (2011).

Contrapondo-se à acepção freyriana, a escritora brasileira Conceição Evaristo (2003) demonstra, no romance **Ponciá Vicêncio**, a perversidade das relações raciais entre negros e brancos nas primeiras décadas após o fim oficial do regime escravocrata no Brasil.

Freyre tentou mostrar, em suas teses, que o processo de formação da sociedade brasileira se fez em um equilíbrio de antagonismos. Ele advoga que, podendo gerar conflitos indissolúveis em outros lugares, as relações raciais caminharam, no Brasil, rumo à harmonização. Para Freyre, a miscigenação foi o elemento que desempenhou o papel de harmonizar a sociedade brasileira, pois foi capaz de amenizar os conflitos raciais via incorporação mútua de valores e hábitos. Segundo Kabenguele Munanga (2004), a partir desse período, as diferenças que anteriormente comprometiam o desenvolvimento do país passaram a ser encaradas como fatos dados, e não mais de maneira pessimista.

Nota-se, portanto, que as representações e os usos do termo raça em nossa história recente foram muito variados, alcançando desde uma constatação biológica até uma defesa contundente de seu abandono. Nesse sentido, Munanga (2004) faz questão de enfatizar o aspecto sócio-histórico e político do termo raça, destacando sua incapacidade para designar qualquer forma de diferença fenotípica entre os indivíduos, tais como componentes genéticos ou mesmo intelectuais, mas ressaltando os usos cotidianos que os indivíduos fazem do termo e possibilitando o estabelecimento, na sociedade brasileira, de uma série de diferenças sociais.

> Ser escuro é ser menos e ser claro é ser mais; portanto, há um princípio de valor cultural e, nesse sentido, os escuros são negros e os claros são brancos. Os escuros vieram da África e os brancos da Europa. [...] Mas, ao construir-se esse contínuo gradual de cores, constrói-se ao mesmo tempo, a oposição de brilho e ausência de brilho, ou seja, no limite os claros são brancos e os escuros são pretos, valorizam-se ou hierarquizam-se os tons, e os claros são melhores. (MAGGI *apud* MUNANGA, 2008, p. 112).

Por esses e outros motivos, alio-me e promovo a educação do olhar para as ações afirmativas que valorizam a cultura africana e afro-brasileira, como se pode ver na imagem abaixo, pintura plástica do artista mineiro Marcial Ávila, que recria a imagem de Adão e Eva, antagônica à imagem que foi construída ao longo da história da humanidade. Na versão do artista, o casal é negro: Eva se mostra altiva, e Adão, com ar de culpa.

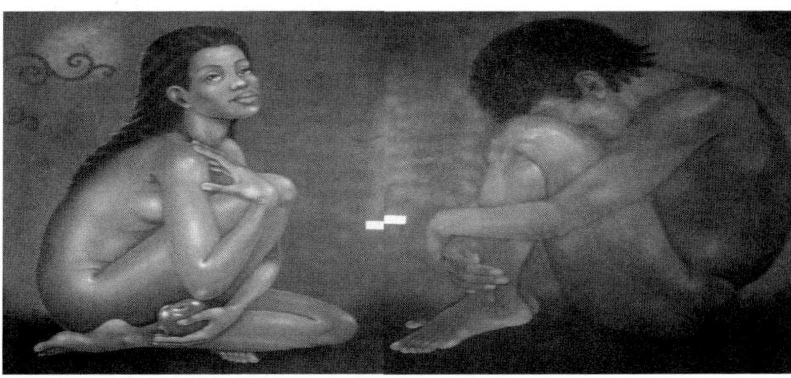

Adão e Eva, do artista plástico Marcial Ávila.

Munanga atesta o que foi a tentativa de eugenia construída e praticada pela elite nacional branca, em especial nos séculos XIX e XX e que se contrapõe ao olhar positivo desse artista. Essa tentativa é citada pelo pesquisador por meio do relato do americano Clayton Cooper, quando em viagem ao Brasil no ano de 1917:

> Uma honesta tentativa está sendo feita aqui para eliminar os pretos e os pardos pela infusão do sangue branco. Pretende-se que um dos fatores nesse processo seja a seleção natural pela fêmea de um parceiro de cor mais clara do que a sua [...]. Certas partes do Brasil, onde são encontrados comparativamente poucos dos tipos negróides, ou de pele escura, são dadas como exemplo do progresso já alcançado nessa façanha audaciosa e sem precedentes. Muitos dos brasileiros mais cultos vos dirão que este país revelará um dia ao mundo inteiro o único método existente de interpenetração racial, o único que evitará guerras raciais e derramamento de sangue. (COOPER *apud* SKIDMORE, MUNANGA , 2008, p. 104).

Outra demonstração do desejo de se apagarem os traços negros ocorreu por meio do processo de mestiçagem. O depoimento de um intelectual da época nos permite uma evidente leitura do posicionamento do grupo mandante na hierarquia social brasileira:

> Não há perigo [...] de que o problema negro venha a surgir no Brasil. Antes que pudesse surgir seria logo resolvido pelo amor. A miscigenação roubou o elemento negro de sua importância numérica, diluindo-o na população branca. Aqui o mulato, a começar da segunda geração, quer ser branco, e o homem branco (com raras exceções) acolhe-o, estima-o e aceita-o no seu meio. Como nos asseguram os etnógrafos, e como pode ser confirmado à primeira vista, a mistura de raças é facilitada pela prevalência do elemento superior. Por isso mesmo, mais cedo ou mais tarde, ela vai eliminar a raça negra daqui. É óbvio que isso já começa a ocorrer. Quando a imigração, que julgo ser a primeira necessidade do Brasil aumentar, irá, pela inevitável mistura, acelerar o processo de seleção. (VERÍSSIMO *apud* SKIDMORE, MUNANGA, 2008, p. 103-104).

De qual abolição estamos falando?

Em 2013, completaram-se 125 anos que foi abolida formalmente a escravização de negros no Brasil. O grande desafio que está posto é de levantarem-se os dados sobre a real situação que possa legitimar a condição libertária da população afro-brasileira nos dias atuais.

Ao buscar as respostas, constatamos que a realidade não se mostra confortável. Entre a posição de alguns cidadãos solidários e anti-racistas e o posicionamento ideológico de manutenção do *status quo* da elite por parte de outros sujeitos, o segmento populacional negro permanece fortemente marcado pela condição de desigualdade. Nesse embate de ideias, assistimos ao primeiro grupo posicionando-se veementemente, por exemplo, contrário à política de cotas para afro-brasileiros na universidade (Política de Ação Afirmativa), pela compreensão de que a Constituição Federal garante o direito de acesso para todos, cabendo aos estudantes demonstrarem mérito suficiente para tal. Já o segundo grupo, em uma ação deliberada, insiste em manter o processo de exclusão ao acesso universitário para negros e negras ao negar essa política. Esse grupo sabe que as políticas universalistas não resolveram e não resolverão esse dilema.

Ao fazer uma retrospectiva não muito longa, no que se refere às lutas por relações igualitárias entre brancos e negros, verificamos os esforços do Movimento Social Negro, associações, pesquisadores e cidadãos civis. O esforço foi, e tem sido de tal ordem, ainda que aquém de alcançarmos o ideário, que avanços podem ser observados.

Iniciamos por relatar a Marcha Zumbi dos Palmares contra o racismo e pela cidadania e a vida, que foi organizada com êxito e realizada em novembro de 1995, em Brasília. A Marcha foi um marco em homenagem aos 300 anos da morte de Zumbi dos Palmares, o líder do maior, mais duradouro e mais famoso símbolo da luta dos negros no Brasil contra o regime escravocrata: a República/Quilombo dos Palmares, que resistiu por um século na Serra da Barriga, no estado de Alagoas. Participaram dessa marcha, ocorrida no dia 20 de novembro, uma segunda-feira, 30 mil ativistas, em sua maioria negros, com o desafio de associar as referências históricas às lutas do presente. Na ocasião, foi entregue um documento ao presidente da República, com as principais reivindicações do Movimento Social Negro, denunciando o racismo, defendendo a inclusão dos negros na sociedade brasileira e apresentando propostas concretas de políticas públicas.

O atual governo vem investindo em Políticas de Ações Afirmativas/Políticas de Reparação, que no dizer da professora Petronilha Beatriz Silva, ex-conselheira do Conselho Nacional de Educação, são conjuntos de ações políticas dirigidas à correção de desigualdades raciais e sociais, orientadas para oferta de tratamento diferenciado com vistas a corrigir desvantagens e marginalização criadas e mantidas por estrutura social excludente e discriminatória.

As ações afirmativas são uma realidade nos Estados Unidos (onde alcançaram maior visibilidade), na Índia, Malásia, Ex-União Soviética, Nigéria, Alemanha, Colômbia, Canadá, Israel e África do Sul. Não são somente os negros os contemplados, mas todos os grupos discriminados. O principal objetivo das ações afirmativas para as pessoas é combater o racismo e seus efeitos negativos de ordem econômica, psíquica, social e cultural.

A Lei nº 10.639/03, que estabelece o ensino da História da África e da Cultura afro-brasileira nos sistemas de ensino, foi uma das primeiras leis assinadas pelo presidente Lula. Isto significa o reconhecimento da importância da questão do combate ao preconceito, ao racismo e à discriminação na agenda brasileira de redução das desigualdades. A lei reconhece a escola como lugar da formação de cidadãos e afirma a relevância de a escola promover a necessária valorização das matrizes culturais que fizeram do Brasil o país rico, múltiplo e plural que somos. No mesmo ano (2003), o governo Lula criou a Secretaria Especial de Política de Promoção de Igualdade Racial – SEPPIR, trazendo possibilidades de mudanças concretas na busca de políticas que garantissem a reversão das desigualdades raciais no Brasil.

Em março de 2004, foram aprovadas, pelo Conselho Nacional de Educação, as Diretrizes Curriculares Nacionais para a Educação das Relações Étnico-Raciais e para o Ensino de História e Cultura Afro-Brasileira e Africana. Esse parecer tem como propósito regulamentar a alteração trazida à Lei nº 9.394/96 de Diretrizes e Bases da Educação Nacional, pela Lei nº 10.639/03.

São pesquisas que constatam que a população negra é o segmento mais pobre da sociedade, a menos escolarizada e a que ocupa postos inferiores no mercado de trabalho, o que induz as mencionadas políticas governamentais. O livro "A construção de uma Política de Promoção da Igualdade Racial: uma análise dos últimos 20 anos", produzido pelo Instituto de Pesquisa Econômica e Aplicada, traz-nos dados elucidativos acerca das desigualdades entre negros e brancos no Brasil. Os dados esclarecem que, em 2005, para crianças na faixa etária relativa ao ensino fundamental, a taxa de matrícula entre jovens negros e negras de 11 a 14 anos era de 68%, quando se supõe que deveria ser universal o acesso à educação. Os outros 32% desistiram ou se encontram ainda no primeiro ciclo do ensino fundamental, enfrentando a repetência e com poucas perspectivas de atingir um nível de escolaridade que os prepare para o ingresso nesse século. Outro dado significativo é o que se refere ao mundo do trabalho: em 1995, um trabalhador negro auferiu, em média, somente 53,3% do que recebeu um trabalhador branco. Os dados atestam-nos ainda que negros com o mesmo nível educacional que brancos recebem rendimentos inferiores, em todas as faixas de anos de estudo.

De acordo com a última Pesquisa Nacional de Amostra Domiciliar (PNAD), realizada pelo Instituto Brasileiro de Geografia e Estatística (IBGE), 47,8% da população residente no País, ou 93,3 milhões, autodeclararam-se da cor ou raça branca. Na segunda colocação ficaram o pardos com 43,1% dos habitantes, o que representa 84,1 milhões de pessoas. Em seguida aparecem os pretos, com 8,2% dos habitantes, 16 milhões de pessoas. Os habitantes da cor amarela somaram 1,1 milhão (0,6%) e os indígenas são 0,4%, com 784 mil pessoas. Para o IBGE, a população negra é formada pelos que se reconhecem pretos e pardos.

O risco de um jovem negro ser vítima de homicídio no país é 130% maior que o de um jovem branco, segundo o Mapa da Violência – Anatomia dos Homicídios no Brasil, estudo realizado entre 1997 e 2007, com base nos dados do Subsistema de Informações de Mortalidade do Ministério da Saúde. Os estudos concluem que não é a pobreza absoluta, mas as grandes diferenças de renda que forçam para cima os índices de homicídio no Brasil.

Dessa forma, em uma sociedade que embora não assuma o racismo em relação à população afro-brasileira, a situação de desvantagem socioeducacional para esse segmento não permite que ele comemore o 13 de Maio, dia em que foi decretada a abolição dos escravizados. A referência tem sido, e será, por um tempo ainda longevo, realista, considerando o fosso das desigualdades. É preciso denunciar a "falsa abolição", que retira negros e negras das senzalas e os confina em espaços destinados a cidadãos designados como escória. Não é possível comemorar a sua não-permanência na escola e o pouco acesso à universidade. Não pode ser celebrativo que jovens negros que não receberam a herança de seus ancestrais não possam construir o seu capital cultural por terem a vida ceifada em função do racismo.

Campanhas contra o genocídio de jovens negros no país.

Fonte: http://forumdasjuventudes.org.br/ato-pelo-fim-do-genocidio-do-povo-negro/

A grande celebração deverá ser voltada para o mês de novembro. Mês em que foi ceifada a vida de Zumbi dos Palmares, ícone da resistência negra em relação à opressão e ao processo de subalternização e desumanização dos descendentes de africanos no contexto da escravidão no Brasil e que reverbera nos dias atuais.

Formas atuais em que o racismo incide na sociedade brasileira

No final de junho de 2013, inúmeras manifestações eclodiram em várias partes do Brasil, com vistas a reivindicar melhoria nas condições de vida da população. Alguns segmentos da população afro-brasileira se organizaram para pautar publicamente reivindicações que devem contribuir com a qualidade de vida desse grupo social. O movimento se intitulou "Revolta dos Turbantes", uma alusão ao estilo de vestimenta usado na cabeça, majoritariamente, pela população negra no país.

Revolta dos turbantes, ocorrida no Rio de janeiro em junho de 2013.

Fonte:http://vilneres.wordpress.com/2013/06/22/revolta-dos-turbantes-em-20-de-junho-de-2013/

Na ocasião, escrevi o seguinte texto em que eu tentava explicar um pouco das tensões vividas no campo do racismo no Brasil:

Denegrindo maio

Durante o mês de março, quando se comemora o **Dia Internacional de Luta pela Eliminação da Discriminação Racial** (21/03), nós, a população afro-brasileira, fomos duramente atacados em dois episódios. Um deles foi a atitude do estilista Ronaldo Fraga, ao perfilar as mulheres que desfilaram os modelos por ele criados, com palha-de-aço na cabeça, no lugar dos cabelos, no evento "São Paulo Fashion Week", com o intuito de "homenagear" os negros. Em outro momento, estudantes de Direito da Universidade Federal de Minas Gerais receberam seus colegas calouros de maneira inusitada: vestidos à moda hitleriana e com saudações nazistas. Além disso, pintaram uma mulher branca de preto, colocaram nela uma placa, nomeando-a Chica da Silva. Esses dois episódios racistas denotam, de maneira indubitável, o quanto o racismo é perverso, não silencioso, e como está embrenhado na estrutura societária brasileira.

Na contramão desses atentados às humanidades de afro-brasileiros, no mês de maio, a senhora Maria de Mazarello, a quem chamamos carinhosamente de Mazza, fundadora e proprietária, em Belo Horizonte, da Mazza Edições, refresca-nos a alma. Ela, que há 32 anos se mantém no mercado editorial dando visibilidade à produção de narrativas de afro-brasileiros, ou sobre esse grupo social, sugeriu à magnífica reitora da Universidade da Integração Internacional da Lusofonia Afro-Brasileira (Unilab), Nilma Lino Gomes, que narrasse, por meio de produção literária, um pouco da história do talentoso dançarino e coreógrafo de danças afro-brasileiras, Evandro Passos. Assim, na noite de 16 de maio, assistimos a uma real homenagem que essas duas mulheres de fibra sabiamente prestaram aos afro-brasileiros, por meio desse artista, com o lançamento do livro **O menino coração de tambor**. Pessoas sérias, que há décadas envidam esforços para darem visibilidade aos feitos da população afro-brasileira colaboraram com a homenagem, e estiveram presentes, como foi o caso da profa. Dra. Maria Nazareth Soares Fonseca (PUCMinas), do prof. Dr. Paulo Bernardo Vaz (UFMG) e do prof. Dr. Jairo Faria Mendes (UFSJ).

Senhor Ronaldo Fraga, palha-de-aço não é cabelo, e muito menos a utilização dela, com referência ao cabelo de negros, pode ser considerada homenagem. O nosso cabelo é crespo, um dos traços físicos que temos como herança ancestral. Homenagem, senhor Ronaldo Fraga, é o que fizeram Mazza e Nilma Gomes, ou seja, recontaram a história de um pesquisador e artista que, por meio das artes cênicas, promove a autoestima de homens e mulheres negros. Homenagem, senhor Fraga, é o que Nilma fez ao contar as bonitas aventuras do menino coração de tambor, que é uma história com a qual sonham muitos meninos e meninas negros e negras.

O fato é que as investidas contra as nossas realizações e conquistas continuam incomodando, e bastante, uma matriz de pensamento e ação que não se conforma em partilhar o poder que outrora era considerado prerrogativa de brancos. Dessa vez, é o senhor juiz José Carlos do Vale Madeira que, ao considerar os editais de incentivo à cultura negra, lançados pelo Ministério da Cultura, como forma de abrir o "espectro racista no Brasil", tem o firme propósito de nos enfraquecer. A justificativa do senhor Madeira é desrespeitosa, mas não tenhamos ilusão: esse profissional não é ignorante em relação às desigualdades raciais presentes na estrutura societária do seu país. Ele é racista, sim, e está a serviço de um grupo capitaneado majoritariamente por homens brancos, organizados secularmente contra a eventual ascensão de negros nesse país!

Mais uma vez, estamos atentos para quebrar essa tentativa de se erguer uma muralha em relação à possibilidade de valorização e visibilidade da cultura afro-brasileira. Como nos conclama o presidente da Fundação Palmares, Hilton Cobra: "mexeram em um vespeiro. A negrada mais uma vez se unirá com o propósito de derrubar essa ação racista". Oxalá consigamos sair desse maio enegrecido mais fortes, mais ousados e que a arte, assim como outros campos produtores de sentido e conhecimento, deem respostas políticas à altura para esses setores conservadores e racistas que insistem em nos vergar. Somos mais poderosos que eles, e o mostramos cada vez que se faz necessário!

A minha expectativa era que o texto acima ajudasse ao leitor a compreender, sob a minha ótica, o racismo que permeia as relações étnico-raciais no Brasil e, em especial, no que se refere à população afro-brasileira.

Os estudos de Carlos Serra e Kabenguelê Munanga reforçam a perversidade do racismo. Segundo Serra, a discriminação racial tem como base as relações de poder e assim se manifesta também na construção social do Outro que se erige dessa situação. Munanga demonstra o quanto é possível se compreender o racismo do branco em relação ao negro e a outras etnias, observando-se o processo histórico em que a elite branca brasileira cria estratégias de exclusão para esses segmentos que se encontram subalternizados na sociedade.

Referências

EVARISTO, Conceição. **Ponciá Vicêncio**. Belo Horizonte: Mazza, 2003.

FREYRE, Gilberto. **Casa-Grande e Senzala**. Rio de Janeiro: Editora Record, 1992. Primeira edição, 1933.

GUIMARÂES, Antônio Sérgio Alfredo Guimarães. **Racismo e Anti-Racismo no Brasil.** São Paulo: ed. 34, 1999.

HALL, Stuart. **Da diáspora: identidades e mediações culturais**. Liv Sovik (Org.) Belo Horizonte: UFMG, 2003.

Ato pelo fim do genocídio do povo negro - Fórum das Juventude. Disponível em: http://forumdasjuventudes.org.br/ato-pelo-fim-do-genocidio-do-povo-negro/. Acessado em 04 de setembro de 2013.

Revolta dos Turbantes afirma reivindicações da população negra. Disponível em:http://vilneres.wordpress.com/2013/06/22/revolta-dos-turbantes-em-20-de-junho-de-2013/. Acessado em 05 de setembro de 2013.

Pesquisa nacional por amostra de Domicílios. Disponível em: http://www.ibge.gov.br/home/estatistica/pesquisas/pesquisa resultados.php?id_pesquisa=40. Acessado em 6 de setembro de 2013.

MUNANGA, Kabenguele. **Rediscutindo a mestiçagem no Brasil**. Belo Horizonte: Autêntica, 2008.

SCHWARCZ, Lília Moritz. Gilberto Freyre: adaptação**, mestiçagem, trópicos e privacidade em Novo Mundo dos trópicos**. Disponível em: http://www.difusaocultural.ufrgs.br/adminmalestar/documentos/arquivos. Acesso em: 20 de dez. 2012.

SERRA, Carlos. **A construção social do outro**. Perspectivas cruzadas sobre estrangeiros e Moçambicanos. Maputo: Universidade Eduardo Mondlane, 2000.

A identidade do negro na intersubjetividade brasileira e a interação midiática

> Portanto, o reforço do preconceito não é verbal, está na construção das narrativas, em sua estética e em seus valores. Continuamos acreditando que o belo é branco e que o negro representa um componente populacional ligado ao atraso e à feiúra, em decorrência da persistência de uma mentalidade colonial." (ARAÚJO, 2000)

Neste artigo teço considerações acerca da representação do negro no Brasil e sua formação identitária a partir dela, tendo a mídia como fio condutor dessa leitura social. Estou convencida de que as categorias raciais no Brasil são culturalmente definidas por aparência e que este é um país miscigenado, com predominância negra. Apesar dessa situação, as pesquisas apontam que o negro, quando representado nos meios de comunicação, na maioria das vezes o é de maneira negativa ou estereotipada.

O cineasta e jornalista Joel Zito Araújo (2000), no livro **A negação do Brasil – a presença do negro na telenovela brasileira**, apresenta-nos uma pesquisa que abrange 34 anos (1963-1997), mostrando que uma das principais características da formação nacional, a de ser multirracial e multiétnica, corre o risco de reduzir-se a um referencial euro-americanizado. Para o pesquisador, as telenovelas contribuem para a destruição das identidades particulares e tentam inculcar uma falsa imagem do Brasil. Araújo pesquisou cerca de 400 novelas no período citado e, segundo o pesquisador, elas não tratam do Brasil real, mas do Brasil desejado pelas elites do século XIX.

Para Araújo (2000), a telenovela brasileira, considerada como o produto da indústria cultural mais divulgado no exterior, sendo exibida em um grande número de países da Europa, Ásia e América, é também uma forma de representação que retrata nossas características socioculturais. Nessa perspectiva, o autor considera gravíssima a forma negativa pela qual o negro esteve representado durante a maior parte do período na história das telenovelas brasileiras. Segundo ele, continuamos a não enfrentar a existência do racismo e a não o admitir, além de insistirmos em dizer que esse problema já foi superado no Brasil (mito da democracia racial).

Não precisamos fazer muito esforço para perceber que, durante o carnaval, os meios de comunicação exibem imagens do afro-brasileiro em alta dosagem, confirmando esse segmento populacional como principal contribuinte para a existência dessa manifestação cultural no Brasil, muitas vezes considerada folclórica. No entanto, a pesquisa de Araújo (2000) nos mostra que na telenovela e nos comerciais as imagens do negro tendem a indicar a simbologia ideológica do branqueamento. O trabalho revela que nos anos 80 e 90, consideradas as duas décadas em que houve uma ascensão do negro na televisão, de 98 novelas produzidas pela Rede Globo, excluindo aquelas que tiveram como temática a escravidão, não foi encontrado nenhum personagem afro-brasileiro em 28 delas. Apenas em 29 telenovelas o número de atores negros contratados conseguiu ultrapassar a marca de dez por cento do total do elenco, e em nenhuma delas o total de negros e mulatos chegou a ser metade, ou mesmo quarenta por cento de todo o elenco. O autor conclui em sua pesquisa que a telenovela, ao longo de sua história, pouco auxiliou na construção de uma identidade racial positiva dos afro-brasileiros, uma vez que a persistência do racismo em nossa sociedade decorre, em grande parte, da permanência da ideologia da supremacia racial branca como um elemento inerente à cultura brasileira.

No trabalho de Joel Zito Araújo (2000), que também foi organizado em forma de documentário, encontramos ricas informações que nos colocam a par de um histórico processo de negação da presença negra nas telas. No material é citado, por exemplo, que a primeira atriz negra a protagonizar um papel em uma telenovela da Rede Globo de Televisão foi Rute de Souza. Trata-se da novela "A cabana do Pai Tomaz", exibida em 1969. A trama foi duramente criticada e polemizada pelo movimento social negro pelo fato de o ator Sérgio Cardoso ter sido maquiado e preparado de várias formas para aproximar-se de um fenótipo de homem negro: a pele foi escurecida, algodão foi colocado em seu nariz para que ficasse dilatado, aproximando-o do perfil de um homem negro, além de outros recursos plásticos utilizados. A crítica dedicou-se a apontar a distorção desnecessária, pois muitos atores negros poderiam ter sido aproveitados para o papel. Podemos citar, à guisa de exemplo, os atores Miltom Gonçalves e Antonio Pitanga.

Na obra **O negro brasileiro e o cinema**, João Carlos Rodrigues (2001) aponta que um dos mais frequentes questionamentos feitos ao cinema brasileiro, por intelectuais e artistas negros, relacionam-se ao fato de que nossos filmes não apresentam personagens reais individualizados, mas apenas arquétipos e/ou caricaturas: "o escravo", "o sambista", "a mulata boazuda". Ao fazer um apanhado da presença do negro no cinema nacional, Rodrigues recupera o dado de que foram poucos os atores que aí fizeram seu nome, e que muitos já traziam em seu nome artístico a marca da identificação racial: Pérola Negra, Grande Otelo, Chocolate, Blecaute.

O autor indaga, ainda, se o intérprete afro-brasileiro deve utilizar sem pudor, na interpretação cômica, os recursos inerentes ao seu tipo étnico ("olho de jabuticaba", "boca de flor", "bunda avantajada" etc.) ou, pelo contrário, deve coibir-se para evitar a perenização de caricaturas. Não estaria, assim, fingindo ser branco? Não teria o negro direito, como aliás fazem todas as outras raças, de rir de si próprio? Onde buscar um estilo próprio para uma interpretação descolonizada, se não existe uma tradição teatral específica do negro? Ao meu ver, ocorre um conflito identitário para o segmento negro da população, advindo das referências sociais e históricas brasileiras.

Para nos auxiliar na compreensão sobre a representação social do negro na mídia, pretendo apontar o livro **Ardis da imagem**: exclusão étnica e violência nos discursos da cultura brasileira (PEREIRA, GOMES, 2001). Nessa obra, os autores dão ênfase à mídia impressa, na expectativa de compreender como as imagens reduplicam os preconceitos contra os negros, já evidenciados no discurso oral. Afirmam, ainda, que a visibilidade das populações negras não pode ser pensada apenas sob o ponto de vista estético. Para eles, é necessário considerar as implicações políticas desse fato, pois a ênfase no caráter negativo dos negros aponta o seu suposto despreparo para as funções estratégicas da sociedade, bem como justifica a necessidade de outros segmentos assumirem essas funções por eles. Ainda, segundo os autores, o trabalho dialoga com as relações de poder que perpassam o espaço privado e o espaço público.

Ardis da Imagem trabalha com a noção de que a mídia impressa tem-se constituído como espaço de ambivalência para a representação dos negros, na medida em que não os toma como agentes sociais – daí a ausência de negros em muitas das páginas editadas – ou os apresenta segundo um recorte estigmatizado – veja-se a reiteração de estereótipos de negros atletas, artistas ou marginais. Isso decorre do processo histórico-social brasileiro que configurou, desde as suas origens, vários esquemas de exclusão de grupos menos favorecidos, destacando entre eles os negros e seus descendentes.

Para os autores dessa obra, a mídia estabelece recortes da diversidade cultural brasileira e apresenta esses recortes como se fossem o centro e modelo de cultura brasileira, e que, no caso do negro, é de maneira estereotipada. Ainda, segundo a pesquisa de Pereira e Gomes (2001), a lógica que fundamenta a representação – tanto as frases e "abecês" quanto o discurso visual da mídia contemporânea – toma o caráter étnico como valor para definir a desqualificação ou a legitimação dos negros.

Segundo os autores de **Ardis da Imagem**, existe uma estratégia das redes mundiais de comunicação, de comércio, administração pública e privada, no sentido de provocar a eliminação dos processos de exclusão. Uma forma de medir tal disposição é justamente o campo da representação social. Para tanto, devemos ficar atentos à subjetividade dos processos de representação, pois algumas aparentes possibilidades de representação positiva podem enganar-nos, e isso demonstra como é complexa a tarefa de construir discursos identitários na sociedade contemporânea. É consenso entre os autores que o paradigma da identidade é imprescindível para os grupos, principalmente os excluídos, que pretendem marcar sua presença na vida social. Por fim, apresentam a necessidade de que os negros brasileiros devem ser representados sem o perfil de identidades absolutas, para que sua cultura seja vista no quadro da diversidade brasileira.

Acredito que a conclusão a que chegam Pereira e Gomes (2001) dialoga com o pensamento de Sodré (1999), segundo o qual "a identidade ajuda a politizar os conflitos, criando possibilidades de representação das subjetividades junto ao espaço regido pelo Estado" (SODRÉ, 1999, p. 42), pois o afro-brasileiro necessita ter referências oriundas de sua herança sociocultural, para que possa absorver e disseminá-las nas relações sociais com a tranquilidade de ser um sujeito social. O contrário disso é uma situação de não pertencimento, de estranhamento ao contexto da sociedade nacional.

No livro **Claros e escuros**: identidade, povo e mídia no Brasil, que discorre sobre a identidade do povo brasileiro e estratégias de singularização, tendo a mídia no centro do processo, Sodré (1999) afirma que, na prática, a ideia de uma identidade oficial da nação tem servido para ocultar a heterogeneidade étnica e cultural, de modo que se pense apenas em um desenvolvimento econômico, sem atenção aos processos de desenvolvimento de categorias particulares. O sentido é de que somos uma nação com interesses de desenvolvimento único e que não há necessidade de nenhuma camada reivindicar um desenvolvimento específico ou uma relação igualitária.

Talvez por isso Guimarães (1999) recorra ao pensamento de Florestan Fernandes quando este afirma que o preconceito no Brasil seria uma reação das elites brancas (e não do povo) às novas relações sociais, próprias à ordem competitiva. Assim, o preconceito brasileiro, ao invés de provir dos iguais em direito – competidores numa ordem igualitária –, como nos Estados Unidos, provém das elites temerosas de perderem privilégios patrimoniais. Daí, entre nós, o preconceito racial tomar esse aspecto de preconceito não-revelado, pois o branco em posição social superior não reconhece no negro que ele discrimina um competidor, mas um subalterno deslocado de lugar.

Também a psicologia social apresenta uma grande preocupação com a representação de indivíduos, compreendendo que as representações sociais são um fenômeno radicado na esfera pública (entendo os meios de comunicação como esfera pública). Aponta, também, que a representação se encontra em um espaço de trocas entre o sujeito e o outro, ou seja, é fruto das relações humanas. Jovchelovitch (2000, 1979) afirma que da mesma forma que o social é mais do que um agregado de indivíduos, as representações sociais são mais do que um agregado de representações individuais. Vejo aí sentido em insistir na relação entre representação social e formação identitária.

Na mesma obra, a autora desenvolve a ideia de que a cultura, o diálogo, a linguagem, os rituais, as artes e padrões culturais estão diretamente ligados às representações sociais, dando-lhes forma ou transformando-as. No caso do afro-brasileiro, quando este expressa de diversos modos a sua realidade, seja passada ou atual, resgatando valores muitas vezes desconhecidos da maioria, ele está trazendo para o presente seu modo de vida. Sendo assim, o negro está, ao meu ver, reafirmando a sua identidade. Interessante no trabalho de Jovchelovitch (2000) é que ela chama a atenção para que no percurso das representações sociais podemos interrogá-las, bem como transformar os cursos dados e contribuir para a construção de uma outra história de maneira compartilhada, revelando aí mais interesse no que o sujeito pode tornar-se, do que naquilo que ele já é.

Thompson (1998), um crítico das mídias, afirma que estamos em uma sociedade que admite a interação midiática global, permitindo que identidades grupais possam interferir nesse espaço público de debates, inferindo e interferindo em opiniões e debates coletivos ou particulares. Acredito, então, que o afro-brasileiro, compreendido como grupo social, encontra na mídia espaço para referenciar ou representar as suas questões. E na medida que o debate instala-se, outros negros podem encontrar representação para alguma questão que outrora consideraram pessoal.

Pode-se perceber que Araújo (2000), Pereira e Gomes (2001) e Rodrigues (2001), com as suas pesquisas, encontram interface na leitura de Hall (1999), segundo a qual a identidade não está inteiramente preenchida dentro de nós, mas é também construída pela maneira como somos representados ou vistos pelo Outro. A representação do afro-brasileiro na televisão, no cinema e nas peças publicitárias, de maneira geral, traduz a sua relação na sociedade nacional. Ainda nessa linha de raciocínio, penso que a obra de Berger e Luckman (1987) também contribui por considerar o homem um produto social, produzindo realidades objetivas. Esses autores enfatizam que as realidades são construídas socialmente, ou seja, os sujeitos constroem a vida cotidianamente com a sua subjetividade bem como na relação com o outro, isto é, na intersubjetividade. Acredito que a busca do afro-brasileiro é a luta para o seu reconhecimento enquanto legítimo construtor da realidade social brasileira. O negro busca que a sua representação social seja parte tanto da realidade objetiva quanto subjetiva do Brasil. Nessa condição, a sua representação não pode continuar sendo a que o destaca como alguém estranho às identidades nacionais.

Todas essas reflexões me impulsionaram a ler **Não Somos Racistas**: Uma reação aos que querem nos transformar numa nação bicolor, do diretor de jornalismo da Rede Globo, Ali Kamel (2006). O livro permaneceu na minha estante durante um ano, em uma hesitação meio preguiçosa para que me debruçasse sobre as opiniões tão divergentes do autor sobre uma temática que me é tão cara. Lida a obra, passo a apresentar algumas reflexões possíveis a partir da mesma.

A tese central da escrita de Kamel centra-se na sua leitura de que vivemos em um país sem grandes embates raciais e que a ausência de oferta educacional de qualidade é a responsável pela situação de pobreza que assola negros e negras no Brasil. Defende ainda o escritor que a política de cotas pode levar a uma separação entre cores que nunca existiu e que essa política pode instigar o ódio racial.

A obra é apresentada pela antropóloga Yvonne Maggie, que descreve o diretor de jornalismo como "independente crítico da política brasileira". Não podemos concordar com essa definição de independência, na medida em que afinamos com o pensamento sobejamente discutido nas últimas décadas que é o distanciamento da concepção positivista da ciência, apontada como neutra e apolítica. A pós-modernidade nos permite localizar a ciência como não neutra, e sim como ação política e ideológica, por conseguinte, possibilitadora, pelos avanços cada vez maiores nas pesquisas empreendedoras, de novas e melhores oportunidades para os seres humanos.

Seguimos a compreensão formulada pelo antropólogo e professor da Universidade de São Paulo – USP, Kabenguele Munanga (2012), segundo o qual,

> O racismo é uma ideologia. A ideologia só pode ser reproduzida se as próprias vítimas aceitam, a introjetam, naturalizam essa ideologia. Além das próprias vítimas, outros cidadãos também, que discriminam e acham que são superiores aos outros, que têm direito de ocupar os melhores lugares na sociedade. Se não reunir essas duas condições, o racismo não pode ser reproduzido como ideologia, mas toda educação que nós recebemos é para poder reproduzi-la. (MUNANGA, 2012).

Por essa perspectiva, o nosso entendimento dos discursos assumidos na atualidade não são neutros, mas permeados de cunho ideológico. Sendo assim, um dos diretores de jornalismo da maior emissora de televisão no Brasil, jornalista e cientista social, que defende a ideia de que o Brasil não é um país racista, chama-nos veementemente a atenção.

Kamel, no entanto, apresenta algumas justificativas para a sua tese:

> A minha ênfase tem sido refutar leituras apressadas de estatísticas oficiais, que distorcem a realidade em favor de um Brasil bicolor. Tenho procurado mostrar que, mais que ao racismo, a má situação do negro no Brasil se deve à pobreza e que não existem atalhos fáceis para superá-la, como cotas ou políticas assistencialistas. O único caminho seguro para que o país se torne mais justo é a educação. (KAMEL, 2006, p. 40).

O Governo brasileiro lançou em 2009 o **Plano Nacional de Implementação das Diretrizes Curriculares Nacionais para Educação das Relações Étnico-Raciais e para o Ensino de História e Cultura Afro-Brasileira e Africana**, juntamente com o livro **A construção de uma Política de Promoção da Igualdade Racial:** uma análise dos últimos 20 anos. As duas publicações são frutos de um trabalho de pesquisa e de promoção de estratégias contra o racismo, empreendidos pela Secretaria Especial de Política de Promoção da Igualdade Racial - SEPPIR, do Ministério da Educação - MEC, e do Instituto de Pesquisa Econômica e Aplicada - IPEA. Tais empreendimentos em âmbito da política nacional, entre tantos outros, demonstram e significam o reconhecimento da importância da questão do combate ao preconceito, ao racismo e à discriminação por meio de iniciativas governamentais que visam combater as desigualdades.

Podemos perceber dessa forma o antagonismo da compreensão sobre as relações raciais no Brasil. Enquanto o governo assume que o racismo está permeado nas relações societárias e busca políticas de reparação, o diretor jornalístico global nega que as condições adversas e desfavoráveis para negros e negras sejam em função desse mesmo racismo. Interessante perceber que é justamente pelo caminho da educação que as políticas governamentais acirram as empreitadas em prol da redução dos danos causados pelo racismo. Não se trata, com essas políticas, de propor uma educação universal e/ou notoriamente com viés eurocêntrico, como tem sido aplicada ao cabo de décadas, mas uma educação que busque o conhecimento da cultura africana e afro-brasileira, na perspectiva de que esse conhecimento leve à valorização e respeito dessas culturas.

Outra fala de Kamel (2006) nos chama a atenção. Trata-se da visão de um país sem conflitos raciais e de aceitação das diferenças:

> Eu acredito que majoritariamente ainda somos uma nação que acredita nas virtudes da nossa miscigenação, da convivência harmoniosa entre todas as cores e nas vantagens, imensas vantagens, de sermos um país em que os racistas, quando existem, envergonham-se do próprio racismo. (KAMEL, 2006, p. 40).

O ex-ministro da Secretaria Especial de Política de Promoção de Igualdade Racial, Edson Santos, na apresentação do livro acima mencionado, editado pelo Instituto de Pesquisa Econômica e Aplicada, afirma que:

> o racismo impede o livre exercício da cidadania e o acesso democrático ao desenvolvimento [...] torna-se necessária a aplicação de ações afirmativas, que se definem como políticas voltadas à concretização do princípio constitucional

> da igualdade e à neutralização dos efeitos da discriminação racial. (JACCOUD, 2009, p.7).

Ainda no mesmo livro, o então presidente do IPEA, o economista Márcio Pochmann, anunciou que são surpreendentes e inaceitáveis os patamares de desigualdade entre brancos e negros que delimitam o perfil da sociedade brasileira, e que o material tem como forte propósito contribuir para o aperfeiçoamento das políticas públicas e da redução das desigualdades raciais no país.

São pesquisas que constatam que a população negra é o segmento mais pobre da sociedade, a menos escolarizada e a que ocupa postos inferiores no mercado de trabalho que induzem as mencionadas políticas governamentais. A obra organizada por Jaccoud (2009) traz-nos dados elucidativos acerca das desigualdades entre negros e brancos no Brasil, do ponto de vista da educação. Os dados esclarecem que para crianças na faixa etária entre sete e dez anos, o processo de universalização do ensino fundamental fez que houvesse uma evidente convergência entre as taxas de estudantes negros e brancos, com um significativo aumento na taxa de matrícula entre negros, entre 1995 e 1999. Não obstante, um hiato de quatro pontos percentuais permanece em função de evasão e repetência escolar maiores para a população negra.

Diante dos dados apresentados, defendo que a posição ideológica de Kamel é uma posição racista que visa manter o *status quo* da elite branca no Brasil. O contrário dessa posição sãos as ações desenvolvidas pelo movimento social negro, pensadores e, sobretudo, pelo Governo Federal, que assume a condição racista da sociedade brasileira e promove políticas governamentais de ação afirmativa com vistas a de fato buscar a construção de relações equânimes na sociedade brasileira.

Acredito, com Sodré (1999) e Diogo (2008), que a mídia e o mercado banalizam a problemática que envolve as relações raciais no Brasil, e que o racismo na mídia é mantido pelas formas de negação, recalcamento e estigmatização. No que se refere à negação, Muniz Sodré (1999) afirma que, assim como as elites rejeitam o racismo doutrinário ou evitam a "pecha de sujeitos da discriminação", a mídia tende a negar a existência do racismo, a não ser quando este aparece como objeto noticioso, devido à violação flagrante desse ou daquele dispositivo antirracista ou a episódicos conflitos raciais. De uma maneira geral, porém, as elites logotécnicas tendem a considerar "anacrônica" a questão racial, deixando de perceber as suas formas mutantes e assim contribuindo para a reprodução do fenômeno em bases extensas.

Nessa perspectiva, após apontar o pensamento de um representante da mídia, na emissora mais assistida pelos brasileiros, volto o olhar para a representação social da mulher negra na televisão, sobretudo nas telenovelas exibidas na Rede Globo de Televisão. Talvez com esses dados seja possível compreendermos as tramas subjacentes nas representações em que negros e negras estão presentes. Alguns estudos desenvolvidos por mulheres nos auxiliam, como, por exemplo, o Dossiê sobre a situação das Mulheres Negras Brasileiras, preparado pela Articulação de Organizações de Mulheres Negras Brasileiras (AMNB, 2007).

Como principal espaço de construção simbólica, a mídia chega a ter uma relevância social e um poder de influência sem precedentes, chegando inclusive a determinar uma nova forma de exclusão social que afeta diferentes segmentos sociais, como negros, mulheres, indígenas, por meio da veiculação de imagens estereotipadas, folclorizadas, como também deturpadas em seus conteúdos. (AMNB, 2007).

Foucault (1996) auxilia-nos nas reflexões, ao apontar a sociedade como formadora de indivíduos isolados, e o papel das instituições como instrumentos de normatização de comportamentos e de relações e, portanto, também de exclusão.

Interessa compreender como se produz a individualização do homem sob o capitalismo, para descobrir pontos da submissão, de tipos de comportamentos que favorecem a ordem capitalista e que são ao mesmo tempo pontos de manutenção do poder.

A telenovela brasileira cada vez mais procura se aproximar do receptor, refletindo na tela sua realidade, suas possibilidades enquanto indivíduo, sua linguagem e suas perspectivas de realização. Na maioria das vezes, esse movimento é reconhecido pelos receptores como sendo sua própria realidade social e seu estilo de vida que estão na "telinha" (KLASGSBRUNN, 1997).

Algumas telenovelas globais foram objeto de minha análise, como, por exemplo, "Duas Caras", exibida no primeiro semestre de 2008. Emblemáticas foram as representações de duas atrizes negras, que representaram o núcleo de classe baixa da trama. Moravam na favela bastante famosa que demarcava uma zona de forte poder entre os personagens principais, a favela "Portelinha". A personagem representada por uma das atrizes negava a sua condição de afro-brasileira e constantemente era cutucada por seu irmão, personagem vivido pelo ator Lázaro Ramos, a se conscientizar da sua negritude. A outra personagem, filha de pai branco e mãe negra, representava de maneira prazerosa o seu lugar de mulata brasileira, segundo a subjetividade da minha análise. Ambas eram consideradas "boazudas" pela comunidade onde viviam.

Segundo Sodré (1999) e Diogo (2008), na passagem do potencial/virtual ao real/atual, surge o estigma, a marca da desqualificação da diferença, ponto de partida para todo tipo de discriminação, consciente ou não, do outro. Num país de dominação branca, a pele escura tende a tornar-se um estigma. Para Sodré (1999), "qualquer tipo de diferença (por exemplo, traços faciais distintos, como entre o hutus e os tutsis em Ruanda) pode ser estigmatizado e suscitar juízos".

É nesse sentido que preocupam as formas de representações nas telenovelas, em que se exibem imagens de mulheres consideradas "mulatas", com o tom da pele não muito escuro e cabelos não tão crespos. Vários estudiosos, como Gomes (2002), apontam que quanto mais crespo o cabelo e mais escura a pele, menos aceitação positiva no seio da sociedade brasileira.

Analisarei a seguir as novelas "Da cor do Pecado" e "Viver a Vida", ambas veiculadas pela Rede Globo de Televisão.

A novela "Viver a Vida", exibida no horário nobre da Rede Globo, no ano de 2009, marcou por ser a primeira vez que uma atriz negra foi protagonista em uma novela global no horário nobre: a atriz, Taís Araújo, que em 2004 protagonizou a personagem "Preta", na novela "Da cor do Pecado", exibida no horário das 19hs.

Para a análise de "Da cor do Pecado", utilizarei como suporte, inicialmente, os estudos de Hall (2003) sobre recepção. O autor problematiza os conceitos sobre codificação e decodificação. Para Hall (2003), é sobre a forma discursiva que os produtos estão em circulação e são distribuídos para as diversas audiências. Nessa perspectiva, eles deverão ser traduzidos em práticas sociais de maneira que criem condições para surtirem efeitos. Ainda segundo o autor, a decodificação da mensagem passa pelas estruturas das práticas sociais, interferindo na forma como os receptores as recebem. Anuncia ainda que a recepção faz parte do processo de produção na medida em que permite a "concretização" da mensagem. Para Hall, os significados expressos nos discursos vão ser transpostos para a prática ou consciência do receptor, adquirindo valor de uso social ou efetividade política.

Em torno da representação da atriz para a personagem "Preta", surgiram vários debates, dentre eles a matéria produzida pelo jornal O Tempo, de 31 de março de 2004. A repórter entrevistou diversos atores sociais pesquisadores da temática, bem como atores e atrizes negros e negras. Na oportunidade, tive a possibilidade de também me manifestar (Diogo, 2008). Considerei, na época, o avanço na conquista do movimento social negro no que tange à representação de negros (as) na mídia. Outras inferências que apresentei na ocasião foram no sentido de que a trama apresentava situações em que o preconceito e o racismo eram desvelados, desmascarados, ainda que não quebrassem paradigmas.

A matéria do jornal O Tempo, intitulada "Falta resposta às 19hs", apresentou o caráter conservador presente no roteiro da trama ao explorar os detalhes da relação entre as personagens "Bárbara", interpretado pela atriz branca Giovanna Antonelli e a personagem "Preta". Os diálogos eram, reiteradas vezes, marcados por referências pejorativas como "neguinha", "preta encardida", ou a outros personagens interpretados por atores negros como "aquele neguinho", "é negro mais é do bem". O autor da novela, João Emanuel Carneiro, também ouvido, fez questão de dizer que não tinha a pretensão de debater o preconceito e nem de fazer reflexões sociológicas acerca do tema e sim contar uma história de amor. Acerca do propósito revelado pelo autor para a trama, desenvolverei mais abaixo uma posição, relacionada ao comentário que se apresentará pelo autor da próxima novela a ser analisada.

Outra cobertura considerável foi de uma revista de circulação nacional, Revista ISTO É (2004), cuja capa foi intitulada de "Da cor do Brasil". Dentre os vários comentários aferidos na reportagem, consta a opinião do cineasta Joel Zito Araújo, que afirma que quando um negro aparece em uma novela o público encara como uma medida politicamente correta, e não como natural. Outro entrevistado, o ator Sérgio Menezes, que atuou na novela global "Celebridade", representando o papel de um fotógrafo, afirma que papéis como esse contribuem para a luta contra o racismo. A própria atriz Taís Araújo afirma na matéria que já estava mais do que na hora de sermos reconhecidos como parte significativa da cultura brasileira. "Espero que não demore 20 anos para outro ator negro ter novamente um papel principal."

A fala da atriz pareceu mesmo um recado para a emissora. O fato é que, passados cinco anos, ela mesma volta ao papel principal em uma outra novela global. Desta vez no horário nobre, "Viver a Vida", como nunca antes ocorrido no que se refere a atores negros nessa emissora. A atriz interpretou a personagem Helena, uma modelo internacional famosa. A novela das 21h é um significativo produto da emissora mais assistida pelos brasileiros, e as novelas exibidas nesse horário são amplamente comentadas diariamente por milhares de pessoas.

Um dos principais pontos incutidos na representação da atriz é o que se relaciona à moda dos cabelos anelados e com fartos volumes, conquistados por meio de um processo bastante utilizado pelas mulheres na atualidade, sobretudo as afro-brasileiras, o *megahair*.

Nesse sentido as reflexões de Sodré (1999), nos auxilia sobremaneira:

> Os consumidores virtualmente emergentes num espaço social onde cor e classe estão imbricados, mesmo sem uma efetiva representatividade política (ou seja, sem acesso ao jogo do poder decisório), podem enxergar nas mudanças de superfície um reposicionamento "ontológico" de sua presença no mundo. Auto-imagem, auto-estima são mobilizadores poderosos do ego – alvo prático da visão publicitária das coisas, sustentada pela ideologia do mercado perfeito e sujeito ao equilíbrio "natural". (SODRÉ, 1999, p. 252).

Ao realizar estudos sobre a publicidade Diogo (2008), tive a oportunidade de conhecer um pouco mais sobre os meandros que envolvem o mercado publicitário. A publicidade possui um conteúdo simbólico de extrema importância nos dias atuais, por estar plenamente inserida nos espaços urbanos. São panfletos, anúncios em rádio, televisão, *outdoors*, bares, jornais, revistas, enfim, em todos os espaços públicos e até mesmo privados, encontramos mensagens do sistema publicitário com as mais variadas propostas que nos indicam possibilidades de uma vida melhor. Douglas Kellner (2001) diz que a publicidade busca na sociedade características socialmente desejáveis e as tematiza. Ao fazê-lo, ajuda a revelá-las e a fomentá-las. Esclarece ainda que a publicidade, assim como outras imagens da cultura da mídia,

> são multidimensionais, polissêmicas e ideologicamente codificadas, abertas a várias leituras, capazes de expressar a mercadorização da cultura e as tentativas do capital de colonizar a totalidade da vida, desde o desejo até sua satisfação. (KELLNER, 2001, p. 23).

O visual da atriz principal de "Viver a Vida" acabou por formar uma rede mercadológica em torno de Taís Araújo, do estilo adotado, dos produtos que são vendidos supostamente para a população afro-brasileira que tem alcançado, ainda que lentamente, graus de mobilidade social.

Nesse sentido ajudam as reflexões de Sodré (1999) em relação ao mercado e ao negro, ao esclarecer que foi realizada uma pesquisa em vinte e dois estados brasileiros – "Qual é o pente que te penteia – o perfil do consumidor negro no Brasil"[1] – que revelava que os negros integrantes de 1,7 milhão de famílias, com alto nível de escolaridade (45% de colegial

---

[1] Pesquisa levada a cabo em 1997 pela empresa **Grottera Comunicação.**

completo e 34% de superior completo) e renda familiar média pouco acima de 2 mil dólares mensais, eram atrativos o suficiente para motivar uma grande variedade de negócios. Segundo o autor, o que justifica a existência de mais de um 1,5 milhão de famílias negras (há cerca de 30 milhões de famílias no País) inseridas em oportunidades de consumo é perfeitamente cabível. Para Sodré, desde meados dos anos 80, sob o influxo do neoliberalismo socieconômico e da inferioridade do emprego diante do crescimento da população economicamente ativa, o setor informal passou a gerar um volume gigantesco de recursos. Isso, segundo ele, ajuda a entender o surgimento de emergentes de pele escura na "órbita" do consumo. Não ocorre, portanto, na sua avaliação, uma verdadeira e digna integração socioeconômica dos descendentes de africanos, mas bolsões de renda concentrada facilmente detectável pelo mercado e simulável como "modernização", pela publicidade. Sendo assim, de acordo Sodré, diante de uma economia de mercado especulativa, divorciada da vida social ou descomprometida com o fator humano (os governos buscam, cada vez mais, o puro e simples equilíbrio macroeconômico), confundem-se acúmulo financeiro e instáveis "negócios" com economia realmente produtiva e socialmente integradora.

As críticas à representação da atriz Taís Araújo foram várias. Destaco aqui o relato apresentado por meio de uma rede de conversas no Orkut, da mestra em História pela Unicamp e membro do Movimento Negro Unificado, Luciana Brito. Para a ativista social e pesquisadora, os dias de glamour da primeira Helena negra foram poucos. Ao comentar o capítulo que foi ao ar no dia 17 de novembro de 2009, em que a personagem Helena ajoelha-se diante da mãe da personagem Luciana, pedindo perdão por sua suposta culpa por não ter cuidado devidamente da sua filha, e por consequência, Luciana sofrer um grave acidente, Brito afirma:

> No capítulo de ontem, numa cena que fazia uma alusão direta à noção de soberania branca, a personagem negra se ajoelha aos pés da mulher branca e pede perdão. Após isso, dotada de toda autoridade, a "mãe branca e zelosa" dirige um violento tapa na cara da personagem negra que resignadamente aceita a punição. A cena chocou diversas pessoas. No caso particular das mulheres negras, todas se recusaram a se reconhecer daquela forma e se revoltam contra aquela atitude submissa e passiva diante da violência racial. Aquela cena teve uma repercussão desastrosa em cada uma de nós. A postura submissa da Helena negra vai contra a forma como hoje, e sempre, reagimos à violência racial e ao autoritarismo, seja pelo amparo da lei, seja impondo respeito diante daquele ou daquela que insiste em rememorar os tempos da escravidão, cobrando de nós o eterno deferimento e subserviência. (BRITO, 2009).

Para a pesquisadora, a trama da novela vai contra a política e debates atuais que visam a igualdade de direitos e a postura autônoma que praticamos no nosso cotidiano e ensinamos a nossas jovens e crianças negras. O capítulo em questão, por si só, segundo Luciana Brito (2009), fala da insistente crueldade da elite brasileira de negar o problema do racismo ao mesmo tempo em que, de maneira nefasta, não abre mão de se manter numa posição privilegiada. Na avaliação da mestra, a Helena negra é culpada por ter abortado, por ter casado com um homem branco e por não ter "cuidado" devidamente da enteada, numa relação que muito nos lembra mucama e sinhazinha. Brito interpreta que parece ser muito difícil para a dramaturgia brasileira esconder esse ranço ordinário da mentalidade escravocrata e racista.

Outra opinião manifestada na mesma rede de conversa foi a da advogada e cientista política do Observatório Negro, Rebeca Oliveira Duarte. Para a advogada, ao escolher a atriz negra Taís Araújo para protagonista de sua novela, a Rede Globo parecia querer responder ao Estatuto da Igualdade Racial, reivindicação do Movimento Social Negro, que prevê, entre outras iniciativas, cotas para negros nos meios de comunicação. Duarte se refere à escalação da atriz Taís Araújo para a novela das 21h e da atriz Camila Pitanga para o horário das 18h, concomitantemente. Para a advogada, as entrelinhas previam uma forjada justificativa à sociedade das "desnecessárias" cotas raciais para os meios de comunicação, já que este espaço vem sendo ocupado pelo núcleo negro da Rede Globo. Nessa perspectiva, segundo Duarte, a emissora intenta cumprir o seu papel de obedecer a lei e fazer cumprir os direitos da pessoa, da população e dos povos negros. No entanto, na opinião da cientista política, ocorreram alterações significativas na trama:

> A suposta protagonista da novela, a personagem de Helena, após ser retirada de seu núcleo familiar negro para transitar exclusivamente num núcleo branco e assim ser sujeita a traições e humilhações, é posta de joelhos diante de uma de suas antagonistas brancas já que, para uma negra, não basta uma só antagonista, devendo vir elas em número de três: a amante do marido, a filha, mimada e infantilizada do marido e a ex-mulher do marido. Não apenas de joelhos, deve pedir perdão de cabeça baixa; não apenas de cabeça baixa, sob o olhar duro e inflexível de sua então dominadora; não apenas isso, como se já não fosse o bastante, deve pedir perdão e ter por resposta uma bofetada no rosto. (DUARTE, 2009).

Assim como o diretor da novela "Da cor do Pecado", João Emanuel Carneiro, já mencionado anteriormente neste artigo, Manoel Carlos, autor da trama de "Viver a Vida", apresenta uma posição semelhante à posição aparentemente "neutra" apresentada pelo colega de emissora, Ali Kamel (2006). Para um receptor desavisado, ou não crítico, é possível que entenda que basta uma representação de atores e atrizes negras em papel de destaque na Rede Globo de Televisão para que a auto-estima de afro-brasileiros seja valorizada. Contar uma história de amor entre um casal interracial, como no caso da novela "Da cor do Pecado", ou apresentando uma atriz negra em posição socialmente relevante, como foi o caso de "Viver a Vida", sem considerar as formas dessa representação em um país racista, como é o Brasil, é o que propuseram os autores, traduzindo o posicionamento político e ideológico da Rede Globo.

O que busquei desenvolver neste artigo foi uma demonstração de que a mídia, e em especial a televisão, cumpre um papel de reforçar o racismo presente nas relações raciais no Brasil. Apresentei a aproximação com as reflexões do professor Kabenguele Munanga (2012) de que o racismo é uma ideologia e corre o risco de ser naturalizado. Argumentei também a posição discordante em relação à posição do diretor de jornalismo da Rede Globo de Televisão, Ali Kamel (2006), que afirma que o Brasil não é um país racista e o que resolverá a questão das desigualdades sociais será a educação universal. Reitero a afinação com os estudos de Focault (1996), no sentido de que somos instigados a pesquisar, nas relações sociais, processos que possam levar-nos a descobrir pontos da submissão, de comportamentos que fortalecem o capitalismo, sustentando as relações de poder.

Por essas e tantas outras perspectivas, finalizo estas reflexões trazendo mais uma contribuição que auxilia a compreender os meandros da mídia para a negação da importância cultural do afro-brasileiro, do reforço à sua condição supostamente subalterna e a manutenção do *status quo* de parte da população brasileira. Refiro-me às reflexões contidas no trabalho de Pereira e Gomes (2001) e Diogo (2008), que refletem sobre a concepção de que a mídia estabelece recortes da diversidade cultural brasileira e apresenta esses recortes como se fossem o centro e modelo de cultura brasileira, e que, no caso do negro, é de maneira estereotipada. Pelas análises dos autores, a lógica que fundamenta a representação – tanto as frases e "abecês" quanto o discurso visual da mídia contemporânea – toma o caráter étnico como valor para definir a desqualificação ou a legitimação dos negros.

Interessa-me mais de perto, por apresentar aqui análise sobre telenovelas, atentar aos estudos acima mencionados que induzem a ficarmos atentos à subjetividade dos processos de representação, pois algumas aparentes possibilidades de representação positiva podem enganar-nos, e isso demonstra como é complexa a tarefa de construir discursos identitários na sociedade contemporânea. Penso ser fundamental estarmos atentos como alertam os autores de **Ardis da imagem**.

Referências

ALMEIDA, Eliana Fonseca Almeida. **Falta resposta às 19h**. Jornal O Tempo. Belo Horizonte, 2004, p. 20

ARAÚJO, Joel Zito. **A negação do Brasil**: O negro na telenovela brasileira. São Paulo: Editora Senac, 2000.

ARTICULAÇÃO DE ONGS DE MULHERES NEGRAS BRASILEIRAS. Dossiê sobre a situação das Mulheres Negras Brasileiras, 2007.

BERGER, Peter ; LUCKMAN, Thomas. **A construção social da realidade**. Trad. Floriano de Souza Fernandes. Petrópolis: Vozes, 1987. Coleção Antropologia, 1.

BRITO, Luciana. A Helena Negra posta "no seu lugar". Disponível em: http://gregoriogrisa.blogspot.com.br/2009/12/helena

negra-posta-no-seu-lugar.html. Acesso em 18 de setembro de 2013.

DIOGO, Rosália. **Rasuras no espelho de Narciso**: Educadoras negras e a crítica à representação de negros e negras na televisão. Belo Horizonte: Mazza Edições, 2008.

DUARTE, Rebeca Oliveira A Consciência Branca da Globo. Disponível em: http://gregoriogrisa.blogspot.com.br/2009/12/helna-negra-posta-no-seu-lugar.html. Acesso em 18 de setembro de 2013.

FARR, R.M. Representações sociais: a teoria e sua história. *In:* GUARESCHI, P.; JOVCHELOVITCH, S. **Textos em representações sociais**. Petrópolis: Vozes, 1994.

FOUCAULT, Michel. **Microfísica do poder**. Trad. Roberto Machado.12.ed. Rio de Janeiro: Graal, 1996.

GOMES, Nilma Lino. **Sem perder a raiz.**Corpo e Cabelo como símbolos da identidade negra. Belo Horizonte: Autêntica, 2006.

GUIMARÃES, Antônio Sérgio Alfredo. **Racismo e anti-racisno no Brasil**. São Paulo: Fundação de Apoio à Universidade de São Paulo; Ed. 34, 1999.

HALL, Stuart. **A identidade cultural na pós-modernidade**. Rio de Janeiro: DP & A, 1999.

HALL, Stuart. Codificação/Decodificação. In: SOVIK, Liv (Org.). **Da Diáspora:** Identidades e Mediações Culturais. Belo Horizonte: Ed. UFMG; Brasília: Representações da Unesco no Brasil, 2003.

JACCOUD, Luciana (org). **A construção de uma política de promoção da igualdade racial**: uma análise dos últimos 20 anos. Brasília: Ipea, 2009.

JOVCHELOVITCH, S. **Textos em representações sociais.** Petrópolis: Vozes, 1994.

KAMEL, Ali. **Não somos racistas:** uma reação aos que querem nos transformar numa nação bicolor. Rio de Janeiro: Nova Fronteira, 2006.

KELLNER, Douglas. **A Cultura da Mídia**. Bauru: Edusc, 2001.

KLASGSBRUNN, Victor Hugo. **A dimensão econômica da diáspora brasileira**. Trabalho apresentado no Simpósio Internacional sobre Emigração Brasileira, CEMI-UNICAMP, Casa do Brasil de Lisboa, Lisboa, out. 1997.

MINISTÉRIO DA EDUCAÇÃO. Plano Nacional de Implementação das Diretrizes Curriculares Nacionais para Educação das Relações Étnico-raciais e para o Ensino de História e Cultura Afro-Brasileira e Africana. Brasília, 2009.

MUNANGA, Kabenguele. O nosso racismo é um crime perfeito. Disponível em: http://revistaforum.com.br/blog/2012/02/nosso-racismo-e-um-crime-perfeito/. Acesso em 16 de setembro de 2013.

PEREIRA, Edmilson de Almeida; GOMES, Núbia Pereira de Magalhães. **Ardis da imagem**: exclusão étnica e violência nos discursos da cultura brasileira. Belo Horizonte: Mazza Edições; Editora PUCMinas, 2001.

RODRIGUES, João Carlos. **O negro brasileiro e o cinema**. Rio de Janeiro: Pallas, 2001.

SODRÉ, Muniz. **Claros e escuros**: identidade, povo e mídia no Brasil. Petrópolis: Vozes, 1999.

THOMPSON, B. John. **A mídia e a modernidade***:* uma teoria social da mídia. Trad. Wagner de Oliveira Brandão. Petrópolis: Vozes, 1998.

VANNUCHI Camilo, MELO Liana, DUARTE, Sara. **Cheios de Raça**. Revista ISTOÈ, nº 1789, 2004.

Cotas para Afro-brasileiros nas universidades. Por quê?

> Todo parto é doloroso. Toda desconstrução, especialmente se for condizente com a alteração do *status quo*, gera confusão e, inevitavelmente, uma reação conservadora. As grandes mudanças sociais representam momentos de parto para uma nação que, constantemente, deve fazer uma escolha entre os gritos do recém-nascido e os alaridos daqueles que tudo fizeram para impedir a nascença, ou a renascença social. (MOORE, 2007, p. 24).

Vários amigos, conhecidos e colegas de trabalho perguntam se a defesa de cotas para negros na universidade ou em repartições públicas, de acordo com algumas iniciativas governamentais, não seria defesa de privilégios. Indagam, ainda, se tais iniciativas não significam aceitar, ou reafirmar, a incompetência intelectual do negro. E, por fim, questionam se o correto não seria uma política favorável a todos os segmentos mais pobres do país.

Tento responder a essas questões com a tranquilidade que me é possível, pelas minhas experiências pessoais e pela trajetória familiar. Penso que é a melhor forma de legitimar a minha convicta posição. Em um segundo momento, proponho teorizar aspectos relacionados ao preconceito, relacionando-os à autoestima das pessoas. E, por fim, apresento estatísticas, que possam corroborar as argumentações trazidas ao longo da escrita.

Possivelmente alguns leitores discordarão da estratégia da escrita, que é do campo da subjetividade. Utilizo a técnica da história oral, ou de história de vida. Inscrevo-me na linha de teóricos que defendem essa técnica, no pressuposto de que sujeitos, ou atores sociais, são seres de memória, de cultura e história, reflexivos. E, dada essa condição, interpretam, significam e dão sentido e valor às suas experiências e significado ao vivido.

Antes mesmo de iniciar a minha narrativa, compartilho com os leitores a minha identificação com o que se tem chamado de Ações Afirmativas. Cito a definição do ministro do Supremo Tribunal Federal brasileiro, Joaquim Barbosa:

> Um conjunto de políticas públicas e privadas de caráter compulsório, facultativo ou voluntário, concebidas com vistas ao combate à discriminação racial, de gênero e de origem nacional, bem como para corrigir os efeitos presentes da discriminação praticada no passado, tendo por objetivo a concretização do ideal de efetiva igualdade de acesso a bens fundamentais como a educação e o emprego (...). Em síntese, trata-se de políticas e mecanismos de inclusão concebidas por entidades públicas, privadas e por órgãos dotados de competência jurisdicional, com vistas à concretização de um objetivo constitucional universalmente reconhecido – o da efetiva igualdade de oportunidades a que todos os seres humanos têm direito. (GOMES, 2005, p. 40-41).

Sou uma mulher negra que nasceu no interior do Estado de Minas Gerais, em uma família de onze irmãos. Sou a segunda que concluiu o curso superior, e a maioria dos meus irmãos alcançou somente o ensino fundamental. Saíram da escola para ingressarem no mercado de trabalho antes de quinze anos de idade e não deram conta de conciliar o trabalho e os estudos. O meu pai não possui escolaridade ou, como preferem alguns, é analfabeto; a minha mãe teve uma escolaridade elementar, na zona rural, onde nasceu. O meu percurso acadêmico efetivou-se por meio do curso superior de Comunicação Social (Jornalismo) no período de 1987 a 1991. A demora em ingressar na faculdade não foi por falta de tentativa, mas por ausência de recursos financeiros para sustentar uma faculdade privada. Disputei várias vezes, sem sucesso, uma vaga em universidade pública, com candidatos em melhores condições de escolaridade, que frequentavam cursos preparatórios, o que não me era possível, na condição de arrimo de família. Éramos quatro negros em uma turma de 25 alunos na Faculdade de Filosofia, Ciências e Letras de Belo Horizonte, hoje UNI-BH. O Curso ampliou significativamente a minha leitura de mundo na medida em que passei a ler sociólogos, psicólogos e filósofos que faziam uma reflexão sobre o que motivava as ações do homem no mundo. Reafirmo, então, a necessidade dos estudos, pois a escolaridade na vida das pessoas é de fundamental importância, principalmente, para os historicamente segregados.

As leituras que muito me marcaram na época de faculdade foram as de teóricos como Marcuse, Marx e Sartre. O ponto central da descoberta era o de negação dos princípios estabelecidos por uma cultura hegemônica na perspectiva de poder referendar outras culturas. Outro pensamento refletido era o de que o estado de coisas, aparentemente dado, poderia ser alterado em função de interesses de outros grupos que conseguissem se organizar para contrapor a ele. Seguramente essas leituras contribuíram para minha formação pessoal, enquanto contestadoras de uma ordem social preestabelecida.

O ano de 1988, comemoração dos 100 anos de abolição da escravatura brasileira, alcançou-me nesse momento particular de reflexão. As comemorações foram gigantescas, os protestos também. A contraposição dos movimentos negros organizados era a de que os negros saíram da senzala para a periferia e favelas porque a contemporaneidade assim formatava a sociedade. Era a divisão natural entre os abastados e os não-abastados. As condições de desconforto e desigualdade permaneciam. Como o afro-brasileiro faria para alcançar um outro lugar na sociedade nacional que não fosse o de periférico?

Depois de algumas tentativas, ampliei os estudos acadêmicos, cursando o mestrado na Universidade Federal de Minas Gerais – Departamento de Psicologia (área social). Atualmente, sou doutora em letras/literatura pela PUCMinas. Devido a grande esforço em alcançar boa colocação, fui beneficiada com bolsa da Coordenação de Aperfeiçoamento de Pessoal de Nível Superior (Capes), do Ministério da Educação, sem a qual, seria quase impossível pagar as mensalidades.

Dos meus sete sobrinhos em idade adequada para cursar o ensino superior, somente cinco o fazem. Alguns dos que estão na graduação são agraciados com financiamento parcial para os estudos do Fundo de Financiamento Estudantil (FIES). Esse financiamento é correspondente ao Crédito Educativo, ao qual fui beneficiada, à época em que cursei faculdade. Dois sobrinhos, dos 18, concluíram o curso superior.

Em meu percurso como educadora, defrontei-me com várias situações de alunos excluídos de uma relação igualitária com seus colegas pelo fato de serem negros. Situações estas experimentadas por mim, na infância e adolescência, dentro e fora da escola. Tive a oportunidade de estar à frente da direção de duas escolas municipais e, a partir daí, desenvolver projetos visando inserir na ordem do dia a discussão da discriminação e estratégias para reduzi-la. Esses projetos envolviam a comunidade escolar da periferia da cidade, onde estavam localizadas as escolas. Empiricamente, detectamos que a maioria daquela população era negra.

Tentamos perceber os dilemas enfrentados pelas crianças negras desde o seu nascimento, na condição de "diferentes", na medida em que os referenciais reconhecidos pela estética no Brasil são norteados pelo padrão europeu. Tive a oportunidade de verificar que alguns relatórios clínicos de psicólogos para os quais encaminhávamos essas crianças falavam de "crise de identidade". Diziam que os nossos alunos/as não queriam ter a cor que tinham, pois estavam sendo rejeitados pelos colegas.

Fico a pensar, então, no alerta de Goffman (1982), de que os estigmatizados tentam evitar contatos com os "normais", numa relação social, ou respondem a situações tensas através de comportamentos que expressam agressividade ou defesa.

Na obra **O mal-estar na civilização**, Freud (1974) desenvolve o argumento de que alguns sujeitos não são respeitados ou valorizados por seus contemporâneos, ainda que tenham atributos e realizações que contribuam para a melhoria das condições sociais de todos. Por acreditar que o estigma e o preconceito abalam a autoconfiança que o indivíduo possa ter em si, esse pensamento contribui sobremaneira com as minhas formulações. O negro no Brasil, ao meu ver, passa por um processo de discriminação e preconceito de tal ordem, que na maioria das vezes seus atributos e qualidades não chegam a ser considerados.

Um exemplo evidente, dentre tantos outros, são as pesquisas realizadas por órgãos como IBGE e IPEA, evidenciando que a comunidade afro-brasileira se encontra mais desempregada e/ou subempregada, bem como desescolarizada, em relação ao branco.

Freud (1974), na obra supra citada, trabalha com a noção de que o sofrimento nos ameaça em nossos relacionamentos e que sob a pressão das possibilidades de sofrimento, os homens se acostumam a moderar suas reivindicações de felicidade. Entendo que a validação da cultura, do modo de vida, e dos direitos dos afro-brasileiros é o que vai lhes conferir a condição de igualdade social. Parece-me crucial, então, que o negro tenha compreensão de que suas diferenças devem ser respeitadas. Para mim, essa é uma das condições para que o indivíduo negro e a comunidade a qual tem pertencimento possam ter condições de alcançar a felicidade, pensada por Freud, nas relações sociais.

Não posso, ainda, deixar de dialogar com Hall (1999), quando este discute a representação social e a identidade – a identidade surge não tanto da plenitude da identidade que já está dentro de nós como indivíduos, mas de uma falta de inteireza que é preenchida, a partir de nosso exterior, pelas formas com as quais nos imaginamos ser vistos pelos outros. E, ainda, que a identidade tem relação com as formas pelas quais somos representados ou interpelados nos sistemas que nos rodeiam.

Penso que o estigma negativo e o preconceito abalam a autoconfiança que o indivíduo possa ter em si. Entendo, portanto, que a validação de direitos e de cultura é que vai conferir ao negro condição de igualdade social. Parece-me crucial que os indivíduos negros busquem o reconhecimento das suas diferenças como valores que não são iguais, mas que devem ser respeitados. Considero que o objetivo não deva ser sobrepor uma cultura, ou interesses a outros, e, sim, uma relação dialógica e respeitosa entre essas culturas.

Acredito que o acesso à melhor escolaridade é que permitirá ao afro-brasileiro uma melhor percepção do seu lugar no mundo. A criação de eventuais estratégias visando minorar, ou quiçá, progressivamente, finalizar os empecilhos que o colocam em condição inferior ao branco é necessária e urgente. É nessa linha de raciocínio que faço a defesa de cotas para negros na universidade, compreendendo tal iniciativa como parte de ações afirmativas para que esse segmento da população possa se apropriar de conhecimentos científicos e teóricos, acumulados historicamente na sociedade. E, assim, esses conhecimentos adquiridos permitam a ele interferir, efetivamente, no curso da História, e que o negro não permaneça na condição de assistente, submisso ou como maior penalizado pelas agruras pelas quais passa a sociedade.

Utilizo-me de pesquisas para tentar confirmar a assimetria presente nas relações sociais no Brasil, no que se refere aos afro-brasileiros. O livro **As políticas públicas e a desigualdade racial no Brasil – 120 anos após a abolição**, publicado em 2008, pelo Instituto de Pesquisa Avançada, ajudará bastante ao enfocar alguns elementos pesquisados.

O mercado livre no Brasil foi moldado por uma política de imigração, que visava à substituição de mão-de-obra. A imigração foi favorecida por taxações e subvenções em detrimento da mão-de-obra escrava.

No que se refere à desigualdade da distribuição de renda, aponta-se que caiu consideravelmente durante este pouco mais de um centenário pesquisado. O coeficiente de Gini, após ficar estagnado em alto patamar por longo período, em torno de 0,60, encontrou-se, em 2007, no índice de 0,55. Pelo fato de negros estarem sobre-representados na cauda inferior da distribuição de renda, os pesquisadores imaginan que a alteração nos dados se dá, não em função da redução das práticas discriminatórias, e,sim, pelo fato de que a maioria dos beneficiados pelo Programa Bolsa Família serem negros. Ainda são o segmento em maior atendimento por outros mecanismos de redução da desigualdade geral, como Prestação Continuada e benefícios previdenciários indexados ao salário mínimo.

Os pesquisadores concluíram, neste trabalho, que o grande responsável pela melhoria da situação da população negra é o avanço da ação do Estado em termos das políticas distributivas. A relativa ascensão de negros, em relação ao conjunto da sociedade brasileira, mantém-se em patamares residuais. Segundo o relatório, não houve alteração do quadro de oportunidades no mercado de trabalho, principal fonte de renda e de mobilidade social ascendente.

Esse quadro, ao meu ver, reforça a necessidade de implementação de políticas que sejam direcionadas para a população negra. Tais políticas deverão ser enérgicas no sentido de ampliar a equidade de oportunidades e a melhoria do seu padrão de vida.

Os negros são maioria entre os trabalhadores rurais aposentados, cujas aposentadorias são indexadas ao salário mínimo. São a minoria entre beneficiários do Regime Geral da Previdência Social e a maioria entre os que recebem um salário mínimo na mesma previdência. Tais dados evidenciam que a maior parte dos beneficiados por todas as formas de transferência de renda no país são os negros, o que mudou o panorama da desigualdade no Brasil.

Ainda pelos dados apresentados pela pesquisa, percebe-se que houve uma redução na razão de renda do trabalho, mesmo que muito lenta. A maior parte da redução na razão de rendas acontece devido a políticas que não estão diretamente relacionadas ao cunho racial em especial, e, sim, para beneficiar as camadas mais pobres da população.

Constatou-se, por meio da mesma pesquisa, que a população branca vive com um pouco mais que o dobro da renda disponível, na média, para a população negra, embora a tendência seja de redução dessas diferenças. Os pesquisadores apontam que ainda falta 1/3 da diferença a ser reduzida. Ao persistir esse ritmo, haverá igualdade racial na renda domiciliar *per capta* apenas em 2029.

A diferença na média de estudos de pretos e pardos para brancos caiu de 2,1 anos em 1995, para 1,8 em 2007, segundo as mesmas fontes. Ainda assim, a média de 6,3 anos de estudo de pretos e pardos em 2007 é menor que os 6,4 anos de brancos em 1995.

O questionário do Exame Nacional de Desempenho de Estudantes, do Ministério da Educação (MEC), mostra que, numa graduação concorrida como medicina, só 12% dos concorrentes são negros, pardos ou mulatos. Já nos cursos que formam professores, a proporção sobe para 51%.

Não é possível tratarmos como iguais a quem é desigual. As condições de vida do negro encontram-se inferiores em relação ao branco. Essa constatação não é minha, é estatística. Faz-se necessário, então, a partir das evidências, uma discriminação positiva, no sentido de incluir a população negra nas universidades, para que ela tenha oportunidade de construir melhores condições de vida para si e para os seus descendentes, corrigindo, portanto, a distorção que se apresenta até então.

Negar a política de ação afirmativa através de cotas no serviço público ou na universidade significa, ao meu ver, compactuar com a ideia do mito da democracia racial que impera no Brasil, encobrindo injustiças e desigualdades de toda ordem.

Devemos rejeitar a ideia de benesses do Estado ou paternalismo para com o afro-brasileiro e reafirmar a noção de política de reparação dos prejuízos causados historicamente à população negra. Considero que a política de cotas deva ser um processo transitório para que em um futuro, não tão próximo, já que as distâncias são muito grandes, possamos abandonar essa estratégia e relacionarmos em condições mais igualitárias na sociedade. Quando falo de distância entre o ideal e o real é para que possamos tentar equacionar o problema. Os dados da pesquisa em relação a crianças, adolescentes e jovens negros, segundo os estudos citados, são de que 65% das crianças negras são pobres. Entre os brancos na faixa etária entre os 7 e 14 anos, 33% são pobres; e entre os negros, 61% estão nessa condição. Dos 15 aos 24 anos a diferença é mais que o dobro: 22% dos brancos e 47% dos negros são pobres.

Em relação a cotas no serviço público, penso que é um debate que se faz necessário quando falamos das representações sociais. A população negra deve participar das tomadas de decisões que são construídas em espaços institucionais, pois as mesmas serão aplicadas também para ela. Na medida em que o IBGE aponta que a população preta e parda é a maior parte da população brasileira, como, então, ficar de fora da elaboração de políticas públicas, como não representar seus interesses ou tê-los representados? Já que as iniciativas do setor privado são tímidas, o serviço público, ao meu ver, deverá cumprir com essa iniciativa, obrigatoriamente. O decreto nº 7.824/12, que institui cotas para pobres, negros e indígenas nas universidades públicas.

Antes mesmo dessa iniciativa, em maio de 2008, a Universidade Federal de Minas Gerais, por meio do Conselho Universitário, tomou a decisão de oferecer, em seu vestibular, um bônus de 10% para estudantes oriundos de escolas públicas, além de acrescer 55 pontos aos que se declarassem negros. A universidade vem desenvolvendo debates em torno da adoção de políticas de ações afirmativas. O Programa de Ações Afirmativas na UFMG, desde 2002, desenvolve atividades no sentido de garantir a pemanência de estudantes negros nessa universidade. Alguns dados já foram extraídos dessa política – o sistema de bônus permitiu a aprovação de 34% dos estudantes no vestibular 2009, em todos os cursos. Esses estudantes são oriundos de escola pública e uma parte se autodeclarou negra ou parda.

O bônus permitiu que, no vestibular de 2009, cursos mais concorridos, como medicina, por exemplo, aprovasse 92 estudantes. Sem o bônus, esse instrumento de democratização, somente 19 estudantes seriam aprovados. Lemos pareceres de pesquisadores sobre a necessidade de medidas de intervenção do Estado com vistas à redução das desigualdades raciais no Brasil. Constatam os estudiosos que a mobilidade social da população afro-brasileira só se deu onde ocorreram políticas de reparação da pobreza. Segundo o organizador do livro **As políticas públicas e a desigualdade racial no Brasil - 120 anos após a abolição**,

> Em resumo, a pobreza se enfrenta com um conjunto amplo de políticas de cunho universalista, tendo como pano de fundo o crescimento econômico e a distribuição mais equânime da riqueza. Racismo, preconceito e discriminação devem ser enfrentados com outro conjunto de políticas e ações. Conjunto esse que, infelizmente, ainda está por se consolidar (THEODORO, 2008, p. 174).

Por fim, considero louvável o Estatuto da Igualdade Racial, aprovado em 2010, após longos anos de tramitação e que, ainda longe de ser o ideal de equidade, prevê cota para negros em telenovelas, filmes, peças teatrais e publicidade. Penso que tal iniciativa dialoga com as reflexões de Stuart Hall (1999), quando este fala da formação identitária e da necessidade de sermos vistos e reconhecidos pelo Outro, no nosso processo de validação social. Consideramos que a alteridade nas relações sociais em qualquer sociedade é fundamental. É de extrema importância a maneira como o negro é visto e/ou representado na sociedade brasileira, para que possamos formular e reformular conceitos e estereótipos negativos, construídos acerca do negro no Brasil.

Ora, se somente houve mobilidade da população negra, do ponto de vista da ascensão social, onde ocorreram políticas universais do Estado, e se para repararem as assimetrias para esse segmento populacional precisarmos chegar ao ano de 2029, medidas urgentes tornam-se necessárias. Devemos rejeitar a ideia de benesse do Estado ou paternalismo para com o afro-brasileiro e reafirmar a noção de política de reparação dos prejuízos causados historicamente à população negra. Penso que a política de cotas, bônus, ou o nome que se dê para as políticas reparatórias, devam ser um processo transitório, para que em um futuro, não próximo, já que as distâncias são muito grandes, possamos abandonar essa estratégia e nos relacionarmos em condições mais igualitárias, frente à sociedade nacional.

Referências

FREUD, Sigmund. O mal-estar na civilização. In: **Edição Standart Brasileira das Obras Psicológicas completas de Sigmund Freud**. Rio de Janeiro: Imago, 1974.

GOFFMAN, Erwin. **Notas sobre a manipulação da identidade deteriorada.** Trad. Márcia Bandeira de Mello Leite Nunes. Rio de Janeiro: Zahar, 1982.

GOMES, Joaquim B. Barbosa. A recepção do instituto da ação afirmativa pelo direito constitucional brasileiro. In: SANTOS, Sales Augusto. (Org.). **Ações afirmativas e combate ao racismo nas Américas.** Brasília: MEC/SECAD, 2005.

HALL, Stuart. **A identidade cultural na pós-modernidade**. Rio de Janeiro: DP & A,1999.

INSTITUTO BRASILEIRO DE GEOGRAFIA E ESTATÍSTICA. Censo 2010/IBGE. Disponível em http://www.ibge.gov.br/estadosat/perfil.php?sigla=df . Acesso em 20.09.2013.

MOORE, Carlos. **Racismo & Sociedade**. Novas bases epistemológicas para entender o racismo. Belo Horizonte: Mazza Edições, 2007.

THEODORO, Mário (Org.). **As políticas públicas e a desigualdade racial no Brasil:** 120 anos após a abolição. Brasília: Ipea, 2008.

Os Movimentos Negros e as Políticas Públicas na atualidade brasileira

> Ressalto ainda que não se pode falar em raça, numa perspectiva política, sem destacar o contexto e as contingências históricas na quais os negros constroem as suas experiências sociais e identitárias. Nesse sentido, concordo com a leitura realizada por algumas entidades do Movimento Social Negro e por alguns cientistas sociais, ao destacarem raça na sua dimensão histórica, social, política e cultural, afastando-se da crença no determinismo biológico e questionando a ideia de purismo e de supremacia racial [...] No contexto das relações étnico-raciais brasileiras, a noção de "raça" conquanto construção social e política opera em nossa cultura e em nossa sociedade. (GOMES, 2006, p. 33).

Os movimentos sociais, culturais, acadêmicos e outros que hoje discutem a questão racial no Brasil denunciam de maneira sistemática a exclusão dos negros de melhores e maiores possibilidades na sociedade nacional. Significa que ainda hoje existe a segregação desse grupo e a negação de seus direitos enquanto cidadãos. Parece apropriado entender como se dão essas lutas, que incluem a busca de poder econômico e social igualitário para esse segmento.

Este texto aborda a situação do afro-brasileiro, as ações do Movimento Social Negro ao longo da história do país, em prol de uma mudança de paradigma no cenário social, permitindo que as reivindicações da população negra sejam atendidas, de modo que ela tenha a ascensão social que lhe foi negada ao longo da história de construção da sociedade brasileira, principalmente em função do regime escravocrata.

Luta-se pelo combate ao racismo e pelo reconhecimento político e cultural, entendendo que a construção da cidadania será efetivada se associarmos o princípio de solidariedade aos de inclusão e de interação social. E, assim, permite-se que as ditas "minorias" venham a ter reconhecimento e valorização pública das diversidades culturais e legítimas participações nos diversos setores da sociedade nacional com vistas à reformulação das políticas públicas no âmbito dos poderes federal, estadual ou municipal. Essas políticas devem ser voltadas para a melhoria das condições de vida do afro-brasileiro. A busca de tal reconhecimento tem-se constituído, inclusive, com agendas internacionais em que lideranças do Movimento Negro têm participado.

Segundo Scherer-Warren (1998), alguns movimentos buscam as redes de comunidades virtuais identitárias para marcar a sua presença e dar continuidade ao movimento no cenário globalizado e são mais solidarísticos do que organizações coletivas centralizadas e que a identidade coletiva se constrói em torno de valores e símbolos. Para a autora, o Movimento Negro no Brasil, ao lado do Movimento Sem-Terra, combina as manifestações simbólicas de massa com as redes de comunidades solidarísticas e

> se articulam em redes pela mediação das ONGs nacionais e internacionais, mas que reagem também através de manifestações de massa, como foram a Marcha dos Sem-Terra e a Marcha do Zumbi dos Palmares, em Brasília. (SCHERER-WARREN,1998, p.18).

Ainda para Scherer-Warren, os movimentos sociais na atualidade são complexas redes que conectam, de maneira simbólica e solidária, sujeitos e atores coletivos cujas identidades vão se formando através de identificações étnicas e culturais, negociações e resistência aos opositores e às formas de exclusão em decorrência da globalização. Diz ainda que a solidariedade permeia a relação de responsabilidade pelo outro, em uma comunidade local ou global na perspectiva de uma ação comunitária ou de responsabilidade cidadã. Foi exatamente nessa perspectiva que lideranças do Movimento Negro brasileiro participaram da III Conferência Mundial contra o Racismo, a Discriminação Racial, a Xenofobia e Intolerância correlata, ocorrida em setembro de 2001, em Durban, África do Sul. Lá intensificaram uma grande rede internacional que prevê denúncia de racismo em qualquer parte do mundo em que estejam os membros participantes do evento, bem como a troca de informações sobre as experiências de implementação das políticas públicas acordadas no encontro.

Alguns setores dos estudos sociais, da política, da academia e outros consideraram que essa Conferência e a eleição de Luiz Inácio Lula da Silva, em 2002, trouxeram a possibilidade de mudanças estruturais que hoje constituem o cenário possível para a superação das desigualdades raciais no Brasil. O encontro na África, segundo parte desses entendimentos, permitiu que pela primeira vez o Movimento Social Negro brasileiro tivesse uma representação significativa e uma participação proativa em fóruns internacionais de combate ao racismo. Em relação à eleição do presidente Luiz Inácio Lula da Silva, o entendimento foi o de que tal fato demonstra o potencial das classes populares e das lutas dos movimentos sociais no Brasil, pois, ao aglutinar setores que lutam por mudanças estruturais como a concretização da soberania nacional, erradicação da violência física, etc., há, enfim, a intenção de efetivar o compromisso programático por um Brasil sem racismo, sexismo, preconceito e discriminação racial.

No caso da Conferência citada, os setores que dela participaram consideram que houve avanço na implementação do programa de ação de Durban, em que as Nações Unidas, por meio do Grupo de Trabalho sobre Minorias, realizaram em março de 2002 o I Seminário Regional sobre Afro-descendentes nas Américas de seguimento a Durban, na cidade de La Ceiba, em Honduras, do qual resultou a Declaração de La Ceiba. Dentre as recomendações para os governos, destacam-se esta declaração:

- incluir a questão da origem racial/étnica nos censos nacionais e outros levantamentos populacionais para a produção de indicadores sociais, incluindo educação, saúde, habitação, renda e emprego, para a formulação de políticas sociais que reduzam as disparidades entre a população afro-descendente e a população geral;
- garantir acesso universal e gratuito à pré-escola secundária e ampliar o acesso à educação superior para as comunidades afro-descendentes através do desenho e implementação de programas de ação afirmativa;
- incluir o estudo da história das comunidades afro-descendentes e sua contribuição nos programas educacionais e no currículo escolar;

- desenhar e implementar medidas efetivas para garantir o acesso a emprego, moradia, água potável e esgoto, saúde e serviços públicos para as comunidades afro-descendentes;
- elaborar e implementar leis apropriadas para julgar quem incita ao ódio e à violência racial através dos meios tradicionais ou do uso de novas tecnologias de comunicação como a Internet. (FUNDAÇÃO CULTURAL PALMARES, 2013).

No que se refere à implementação dessas políticas, o Governo Federal brasileiro instituiu em 13 de maio de 2002, de cunho administrativo federal, o Programa Nacional de Ações Afirmativas, sob a coordenação da Secretaria de Estado dos Direitos Humanos do Ministério da Justiça que propõe:

1. a observância, pelos órgãos da administração pública federal, de metas percentuais de participação de afro-brasileiros, mulheres e pessoas portadoras de deficiência no preenchimento de cargos em comissão;
2. inclusão de cláusulas de adesão ao Programa Nacional de Ações Afirmativas nas transferências de recursos celebradas pela administração pública federal;
3. observância, nas licitações promovidas por órgãos da administração pública federal, de critério adicional de pontuação, a ser utilizado para beneficiar fornecedores que comprovem a adoção de políticas compatíveis com os objetivos do Programa Nacional de Ações Afirmativas; e
4. inclusão, nas contratações de empresas prestadoras de serviços, bem como de técnicos e consultores no âmbito de projetos desenvolvidos em parceria com organismos internacionais, de dispositivo estabelecendo metas percentuais de participação de afro-brasileiros, de mulheres e de pessoas portadores de deficiência. (PRESIDÊNCIA DA REPÚBLICA, 2010).

Os setores que depositam esperança nas ações advindas da III Conferência e nas possibilidades de mudanças a partir da eleição de Luiz Inácio Lula da Silva consideram que tais iniciativas ainda se encontram aquém de um Plano Nacional de Ação que traduza o Programa de Ação de Durban na sua integralidade. Essas iniciativas referem-se apenas à administração federal e limitam-se a tentar aumentar a participação no mercado de trabalho, tanto no funcionalismo público quanto na força de trabalho das empresas contratadas pela administração federal e que, se implementadas, representarão um impacto significativo, em função da absoluta inexistência anterior de políticas específicas destinadas a promover a igualdade racial. Lembram ainda que, nas duzentas e dezenove propostas do Programa de Ação de Durban, há medidas de grande importância, como as que recomendam investimentos preferenciais nas áreas habitadas pelos afro-brasileiros, a criação de locais de trabalho isentos de discriminação, o engajamento dos meios de comunicação de massa na promoção da igualdade, a necessidade de medidas eficazes para combater atos criminosos motivados por racismo, etc. Por Ações Afirmativas entende-se um conjunto de metas e ações que visam corrigir, reparar desigualdades históricas em relação ao afro-brasileiro, no caso em questão.

Entretanto, existem outros setores do Movimento Negro e intelectuais negros ou não negros que questionam as políticas implementadas pelo governo, em relação a esse segmento populacional. Dizem que são políticas muito tímidas e que, se a política econômica não for alterada, não há como atender às demandas sociais de que necessita a população mais pobre; e entre a população mais pobre estão os negros. Demonstram, também, certa desconfiança em relação ao movimento institucional do Governo Federal de indicação de cargos políticos de relevância na estrutura governamental à guisa de justificar que serão essas pessoas que encaminharão melhor as políticas para o afro-brasileiro no âmbito federal. Tal desconfiança é atribuída ao pensamento de que não basta haver pessoas com visibilidade nesses espaços, mas que as condições têm que ser efetivamente dadas para a realização de projetos transformadores. Ademais, afirmam os desconfiantes, a burocratização da máquina administrativa, na maioria das vezes, impede a efetivação de políticas para grupos específicos, ainda mais para a população mais pobre.

Diante dessas duas posições, cabe-nos dialogar com Sandoval (1989), sobre o papel dos movimentos sociais para tentar entender os interesses, crenças e descrenças que permeiam os interessados em discutir e apontar caminhos para o combate ao racismo no Brasil. O autor considera que as análises sociológicas pouco discutem os processos mediadores e a natureza dos vínculos entre o indivíduo e a decisão coletiva do grupo. A complexidade que caracteriza o maior ou menor envolvimento de indivíduos em movimentos ou a ausência desse envolvimento pouco é analisada, segundo ele. No caso da questão racial sobre a qual faço estas reflexões, penso que não basta a relação entre a cor da pele e as condições desfavoráveis, comum ao afro-brasileiro, para garantir um pensamento unificado e ações coletivas desse segmento populacional. No debate sobre cotas na universidade, como parte das políticas de Ações Afirmativas, por exemplo, há discordâncias, entre os próprios negros, se elas devem ou não existir. Os que discordam alegam que vai haver uma discriminação maior depois que os estudantes estiverem dentro das universidades, porque serão acusados de incompetentes por serem beneficiados de uma política externa à sua capacidade, algo ligado às possíveis benesses do Estado. Um caminho que Salvador Sandoval (1989) aponta é a análise psicossocial dos movimentos, ou seja, a necessidade de se pensar o sujeito na sua interação com os grupos, com a sociedade. Quando me refiro a sujeito, não estou falando de um indivíduo singular, ou isolado, mas todo agente, ou agentes, em condições de conduzir-se e de vivenciar a sua conduta.

Para Maisonneuve (1977), nem a psicologia nem a sociologia sozinhas dão conta de analisar determinadas condutas nas mais variadas situações, sem que o aspecto interacional seja considerado. Segundo ele, a psicossociologia considera a ordem coletiva da conduta social – modelos e estruturas culturais, assim como a ordem individual – história pessoal e processos biopsíquicos. Nessa perspectiva, a psicossociologia se dedica a observar os fenômenos cotidianos e se liga intimamente aos valores e ideologias, sendo que a análise psicológica se faz necessária nessa parceria porque se reconhece o psiquismo entre os condicionamentos, as condutas e as significações do sujeito. A análise sociológica advém da compreensão de que a atitude mental depende das condições sociais.

Passo então a apresentar os dados referentes às duas situações que propiciaram o aprofundamento da situação de desigualdade racial – o mito da democracia racial e a estratégia da mestiçagem. Segundo Guimarães (1999), o sociólogo Florestan Fernandes, ao analisar a situação social da população negra da cidade de São Paulo, no início do século vinte, definiu a democracia racial brasileira como mito. Democracia racial é uma posição ideológica que pretende eliminar as separações entre as "três raças" formadoras da sociedade brasileira (a negra, a indígena e a branca), dizendo que existe igualdade entre essas raças. Portanto, se supostamente não há conflitos, perpetuam-se estereótipos e preconceitos, pois algumas pessoas acreditam que as diferentes posições hierárquicas entre as "raças" advêm de uma possível incapacidade de ascensão social de algumas delas. O mito da democracia racial apareceu com o objetivo de distorcer a percepção da realidade racial brasileira, levando a crer que empenhos individualizados de sujeitos os levariam a ascender socialmente, já que as oportunidades eram iguais para negros, brancos e indígenas.

Na avaliação de vários estudiosos, tal mito foi propiciado a partir das análises de Gilberto Freyre (1998), no livro **Casa grande & senzala**, em que se afirma que o Brasil é um país de plena harmonia entre as raças. Freyre contribuiu para a naturalização da mestiçagem, ao atribuí-la em sua origem a um fator constitucional que poderia, segundo ele, ser facilmente demonstrado em relação ao colonizador português. Quer dizer, em vez de discutir e problematizar um pouco mais o conceito de mestiçagem, ele a toma como um dado consumado e inquestionável, decorrente de uma pré-disposição dos colonizadores portugueses. Porém, essa tendência atribuída por Freyre aos portugueses não se aplica aos casos da colonização portuguesa da Índia e da África. Nessas regiões, que apresentaram outras formas de colonização, não ocorreu a mestiçagem como no Brasil.

A estratégia da mestiçagem foi analisada por Emanuel Tadei (2002) não como um fenômeno natural (pré-disposição dos portugueses para a mistura étnica), como estava sendo tratado no Brasil, e sim, como um dispositivo de poder. Ou seja, o governo financiava a vinda de estrangeiros não por mero desejo,mas como tentativa de não ver a expansão da "raça negra"ou de vê-la diluída na sociedade brasileira. Para o autor, o dispositivo de mestiçagem apresenta as seguintes características: ele incita à mistura étnica; coloca a sexualidade num plano estratégico, ou seja, como o veículo capaz de promover a confraternização das etnias; dilui a identidade nacional, ao apostar num amálgama capaz de unir os vários elementos que compõem nossa nacionalidade, porém manobra essa identidade em construção para determinadas direções. Conforme a conjuntura, cada mestiçagem cumpriu o papel de promover a mistura étnica apagando as origens, o passado e suas contradições, enfraquecendo as raízes históricas.

A partir do momento em que o negro foi de alguma forma "integrado" à sociedade brasileira, houve uma fusão com elementos da cultura europeia. Isso nos habilita a encarar a mestiçagem não mais como algo natural, mas sim como um dispositivo de poder, ou seja, um mecanismo para mascarar a prática racista que campeia o cenário brasileiro. O dispositivo da mestiçagem dirige e comanda as ações e saberes numa determinada direção, com a intenção de atingir seu objetivo final: criar uma consistência entre todos esses elementos que compõem a sociedade brasileira, com vistas a dita "harmonia" entre as raças. Dessa forma, o dispositivo da mestiçagem impõe uma racionalidade no Brasil, pois passou a funcionar como uma estrutura elementar presente em tudo o que tem sido produzido sobre ele, sendo o discurso de identidade nacional a grande referência, sem se discutirem as singularidades das culturas que compõem o país. Propalava-se, ainda, a ideia de uma identidade nacional, como se não houvesse uma singularidade na cultura do negro ou do índio. A referência de cultura era a referência europeia; as identidades e culturas de grupos tratados como não-hegemônicos, como é caso de negros, indígenas, ciganos e outras etnias, não eram consideradas expressivas. Portanto, esses segmentos populacionais tiveram o seu processo de identidade cultural negado.

O que o Movimento Negro tenta, com muita insistência, na atualidade, é demonstrar que existe um quadro estrutural com interface histórica, psicológica, cultural e política na discussão das relações raciais no Brasil. A situação histórica que foi o regime escravocrata deixou sequelas no que se refere à possibilidade de ascensão social do descendente de escravizado e à sua autoestima, aliado ao sentimento de inferioridade ou pressão, por parte do branco, para que se sinta, nesse lugar.

A negação do patrimônio cultural dos negros da diáspora e a necessidade de reconhecimento político da agenda social têm que estar pautadas para possibilitar a transformação desse estado de coisas, devem ser objeto de estudo para a psicologia política e social. Acredito que a compreensão da identidade social contribui sobremaneira para esses estudos.

Ervin Goffman (1982) informa que os gregos criaram o termo "estigma" para se referirem a sinais corporais que denotassem algo de extremamente diferenciado ou mau sobre o moral de alguém, conceito ainda utilizado com esse sentido na atualidade. No entanto, para além da própria inscrição corpórea, as relações sociais têm constituído o que se chama de atributos ou estereótipos. O autor considera que atributos que normalmente seriam considerados positivos nem sempre levam determinadas pessoas a serem admiradas ou reconhecidas, na medida em que os atributos fazem parte do processo relacional. A sociedade é que define, por meio de categorização das pessoas, quais têm probabilidade de serem considerados "naturais" ou não, e é a partir dessa categorização que a pessoa é estigmatizada ou não. Goffman (1982) adota o termo "estigma" para se referir a um atributo extremamente depreciativo. O autor fala em identidade pessoal e identidade social, considerando que as duas são definidoras dos interesses e categorizações que as pessoas fazem das outras no grupo social. Para Ervin Goffman, a identidade social permite considerar a estigmatização; enquanto a identidade do eu é uma questão subjetiva e reflexiva vivenciada pelo indivíduo, considerando sua experiência do estigma e sua manipulação. E é nessa perspectiva de construção da identidade social do negro que o Movimento Negro tenta buscar a construção da identidade racial, propriamente dita. Procuram-se processos sociais que deem visibilidade à cultura do afro-brasileiro, mostrando o legado histórico e cultural desse segmento populacional, com vistas a buscar a sua relação igualitária no tecido social brasileiro. O que se busca é evidenciar que o estigma, o preconceito e a discriminação racial mantêm o negro no Brasil na condição de desvantagem a qual apresento neste texto.

A Lei nº 10.639/03, que estabelece as diretrizes e bases da educação nacional, incluiu, no currículo oficial da rede de ensino, a obrigatoriedade da temática História e Cultura Afro-Brasileira e instituiu, no calendário escolar, o dia 20 de novembro como o Dia Nacional da Consciência Negra. A data é uma homenagem ao líder Zumbi dos Palmares, que nasceu em 1655, no estado de Alagoas. Ícone da resistência negra à escravidão, liderou o Quilombo dos Palmares, comunidade livre formada por escravizados fugitivos das fazendas no Brasil Colonial. Localizado na região da Serra da Barriga, atualmente integra o município alagoano de União dos Palmares. Embora tenha nascido livre, Zumbi foi capturado aos sete anos de idade e entregue a um padre católico, do qual recebeu o batismo e foi nomeado Francisco. Aprendeu a língua portuguesa e a religião católica, chegando a ajudar o padre nas celebrações de missas. Porém, aos 15 anos, voltou a viver no quilombo, pelo qual lutou até a morte, em 20 de novembro de 1695. Zumbi é considerado um dos grandes líderes da História. Símbolo da luta contra a escravização, lutou também pela liberdade de culto religioso e pela prática da cultura africana no País.

Em consonância com todas essas disputas e lutas de resistência, de maneira sistemática e secular, no Brasil, como de resto em toda a parte do mundo, os movimentos em defesa da sustentabilidade planetária e que visam a inclusão social têm ainda muito trabalho a desenvolver, em especial, participando em mobilizações dos movimentos sócio-culturais e políticos que reúnem esforços para que a população afro-brasileira, em seu conjunto, tenha uma relação equânime, ao se comparar, sobretudo, com as condições da população branca.

Referências

ARAÚJO. Joel Zito. **A negação do Brasil** – O negro na telenovela brasileira. São Paulo: Editora Senac, 2000.

FREYRE, Gilberto. **Casa grande & senzala.**34 ed. Rio de Janeiro: Record, 1998.

FUNDAÇÃO CULTURAL PALMARES. **Declaração de La Ceiba**. Disponível em:http://www.palmares.gov.br/tag/declaracao-de-la-ceiba/. Acesso em junho de 2013.

GOFFMAN, Erving. **Estigma**: notas sobre a manipulação da identidade deteriorada. Trad. Márcia Bandeira de Mello Leite Nunes. Rio de Janeiro: Zahar, 1982.

GOMES, Nilma Lino. **Sem perder a raiz**: corpo e cabelo como símbolos da identidade negra. Belo Horizonte: Autêntica, 2006.

GUIMARÃES, Antônio Sérgio Alfredo. **Racismo e anti-racismo no Brasil**. São Paulo: Fundação de Apoio à Universidade do Estado de São Paulo, Ed. 34, 1999.

MAISONNEUVE, Jean. **Introdução à Psicologia.** São Paulo: Editora Nacional – USP, 1977.

MOUFFE. Chantal. **Por uma política de identidade nômade**. Debate Feminista: cidadania e feminismo. Trad. Mônica Mansou, 1999, p. 266-275.

PAIXÃO, Marcelo. **A hipótese do desespero**: a questão racial em tempos de frente popular". In: *Observatório da cidadania* – relatório 2003, p. 57-70.

PROGRAMA NACIONAL DE AÇÃO AFIRMATIVA. Presidência da República. Disponível em: http://www.planalto.

gov.br/ccivil_03/decreto/2002/D4228.htm. Acesso em junho de 2010.

SANDOVAL, Salvador. "A Crise Sociológica e a Contribuição da Psicologia Social ao Estudo dos Movimentos Sociais". **Revista Educação e Sociedade, 34** . Dez./1989

SCHERER-WARREN, Ilse. "Movimentos em cena... e as teorias por onde andam?" **Revista Brasileira de Educação**: Caxambu, 1998, nº 9, p. 16-29.

TADEI, Emanuel Mariano. "A mestiçagem enquanto dispositivo de poder e a constituição de nossa identidade nacional. **Psicologia: ciência e profissão**/Conselho Federal de Psicologia, 2002, v.1, nº 1, Brasília, CFP.

A autora

Possui graduação em Jornalismo pelo Centro Universitário de Belo Horizonte (1991) e mestrado em Psicologia pela Universidade Federal de Minas Gerais (2005). É doutora em Letras/Literatura pela Pontifícia Universidade Católica de Minas Gerais e, também, professora do Ensino Fundamental da Prefeitura Municipal de Belo Horizonte - Secretaria Municipal de Educação (SMED). É autora dos livros *Mídia e Racismo* (2004) e *Rasuras no Espelho de Narciso - educadoras negras e a crítica à representação de negros/as na mídia* (2008), pela Mazza Edições. Na condição de Conselheira do Conselho Municipal de Educação entre os anos de 2002 e 2004, foi relatora do Parecer de Inclusão da Pessoa com Deficiência e das Diretrizes Curriculares Municipais para o Ensino da Cultura Africana e Afro-brasileira no Currículo do Sistema Municipal de Educação de Belo Horizonte. Possui vários artigos publicados em jornais e revistas brasileiras e moçambicanas, inclusive é membro do conselho editorial das revistas moçambicanas *Literatas* e *Baía*.

Este livro foi composto em tipologia Adobe Garamond Pro e impresso em papel Offset 90g/m^2 e Cartão 250g/m^2, no mês de março de dois mil e quatorze.